머니게임 MONEY GAME

배진수 만화

게임 3부작

2

MONEY GAME 2

#16	돈이 사라진 이유	5
#17	내가 다 써버릴 거야!	33
#18	이제 남은 선택지는 없다	57
#19	검열과 의심	83
#20	후회와 망상	109
#21	억압받는 시간이 길어지면	133
#22	어떤 기회	153
#23	자유와 의심	177
#24	만족하지 못한 사람은 계속 충성하니까	195
#25	이러면 안 되잖아?	217
#26	1호의 사정	237
#27	제1용의자	259
#28	절대 걸리지 않을 그곳	281
#29	확증편향 vs 현실부정	299
#30	의심에 의심에 의심	321

머니게임
MONEY GAME

#16

"돈이 사라진 이유"

말이 안 통한다. 눈이 맛이 갔다. 미친개, 아니 미친 돼지.
일단 떼내야 한다. 완력을 써서라도.

〈 실전 호신술! 멱살잡이에서 빠져나오는 방법 〉

1. 양손으로 상대방의 오른쪽
   손과 손목을 잡는다.

2. 오른발을 45도 앞으로 내딛으면
   상대방 손목이 바깥으로 꺾인다.

3. 이 상태에서 잽싸게 팔을 꺾어
   상대를

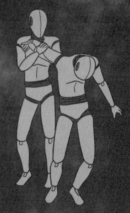

어?

바들바들—

꼼짝도……
안 해?

- 기술이고 나발이고
  체급차가 많이 나면
  소용 없습니다.

최약체

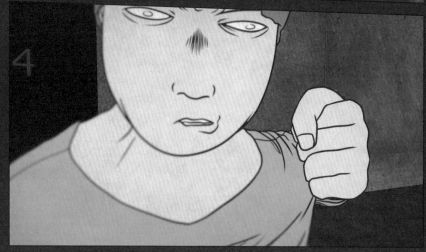

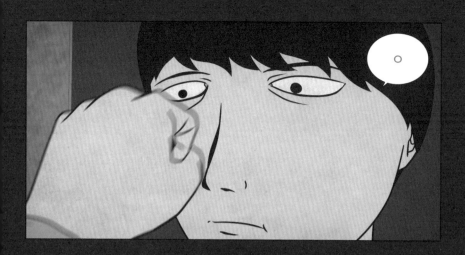

핏-

치이이이이이이-

- 잠시 멘탈 조정이 있겠습니다. -

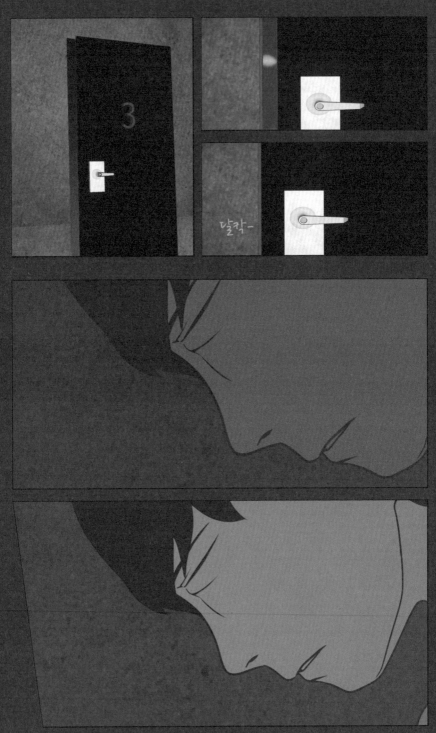

어?

8호 님! 괜찮으세요?
죄송해요 제가 말을
잘못 전해서!

네? 그게
무슨……

뭐지.
뭔 일이 일어난 거지?

글썽-

뭐지.
오른쪽 시야가 이상한데?

뭐지. 이게 다.
뭔 X랄들이지?

7호의 해명은…

3,4호 독재를 전복하기 위해
나머지 인간들이 힘을 합쳐
제압하는 쪽으로 의견이 모였으나

반응 없는 멸치를 제외한 4인만으로는
성공에 대한 확신이 없어 딜레이 되던 중

당일 대출!

신체 건강하면
누구나 1억

개왈왈왈왈!

더이상 미룰 수 없는
급한 사정이 생겼지만

뭔 일인지 알아야 돕지

난 어떤 결정도 대답도 주지 않고
시간만 끌었다.

배가!

고프다고!

무대답의 시간이 길어지자 1호는,
내가 깡패 쪽에 붙은 걸로
혼자 착각해 이성을 잃었던 것.

죄송해요 제가 중간에서 말을
자유롭게 전할 입장이 아니다
보니… 오해가 생겼어요.

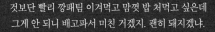

것보단 빨리 깡패팀 이겨먹고 맘껏 밥 처먹고 싶은데
그게 안 되니 배고파서 미친 거겠지. 괜히 돼지겠냐.

……그러니까.

급전 필요한 사람이
그 돼ㅈ… 1호란 겁니까?

……아뇨.
다른 사람이에요.

아니라구요?
그럼 왜 그 덕ㅎ…
1호가 광분해서……

아.

와 설마? 사랑했냐?
쓰레기통 속에서 기어이 한송이 꽃을 피웠냐?

돼지가 배고품에 미쳐서 나 때린 게 아니란 건 알겠다.
근데 2호는 왜 돈이 필요한건데?
지금 안 사면 못 구하는 한정판 잇템이라도 출시됐나?
왜 시끄럽게 돈돈돈 돈도돈도돈돈 돈돈 거리는데?

말해보세요. 힘 합치자면서요.
그럼 저도 알아야 하는 거 아녜요?
저 못 믿어요?

알아야 해서 묻고 있지만.
알고 싶지도 듣고 싶지도 않다.
또 어떤 발암사연이 튀어나올지
이젠 겁부터 난다.

……2호실 여자분

지병이 있대요.
다발성 경화증이라는.

다발성……뭐? 그게 뭔데.
뭔 듣도 보도 못한 병을 들이대고 있어.

약을 계속 먹어야 하는
병이라… 그래서……

돈이 필요해요.
'우리'는.

우리?
언제부터 너랑 내가 우리였는데?

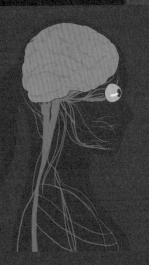

다발성 경화증은
이런 병이라고 했다.

젊은 여자에게서
높은 발병률을 보이는 질병으로,
뇌와 척수와 시신경이 망가지는
만성 신경면역질환.

증상이 악화될 경우 시력장애, 운동장애,
감각장애, 배변장애 등이 생길 수 있으며,
심할 경우 기억상실이나
성격변화까지도 나타날 수 있다 한다.

결론은, 매일 약을 먹어 증상을 완화
또는 억제하지 않으면 몸이 점점 망가져 가는,
흉측한 만성질환.

다시 한번 생각
해주시면
안 될까요?

그래.
그랬었구나.

제가 몸이
너무 안 좋아서.

요즘 제가 컨디션이
너무 안 좋아서...

몸

안 좋 다 고

허약체질 같은 게 아니라 진짜 환자였구나.
악랄하게도
주최 측은 진짜 환자를 잡아다 여기 처넣은 거구나.

그럼……약값은
얼마나 한대요?

X라 길고 복잡한 설명
다 필요 없고. 그래서.
얼마냐고. 약값.

밖에선 얼마
안 했었다 해요

보험적용 돼서 희귀병
치고는 쌌었다고

불길한 과거형 서술.
밖에선 얼마 '안했었다.'
희귀병약치고는 '쌌었다.'

SERVICE NOT REGISTERED

뭐 시X. 여긴 그거 없잖아. 안 되잖아 건강보험.
그런 훈훈한 복지 따위 없는 곳이잖아.

희귀병 약은 보험 안 되면
무지 비싸지 않나요?

아니, 애초에 의사 처방도
없이 어떻게 구하죠? 뒤로
빼돌린 걸 사오는거예요?

처방약은 너무 비싸…
편의점에서 파는 약은
바로 구할 수 있어요

한 정에……
25만 원 정도……

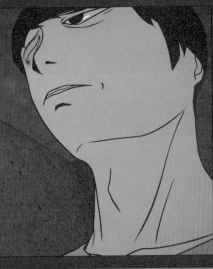

……뭐?

잘못 들은 거야, 잘못 말한 거야?
한 알에? 약 한 알에?

250,000,000

원이라고?

아니 심지어, 그걸 매일 먹어야 된다고?
2억5천짜리 약을.
매일매일매일매일 처먹어야 한다고?

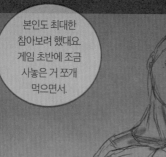

본인도 최대한
참아보려 했대요
게임 초반에 조금
사놓은 거 쪼개
먹으면서.

하지만 약도 다
떨어지고, 최근
스트레스가 심해
서인지 증상이
악화돼서…

네? 잠깐만요 그걸
사재기했었다구요?
그 비싼 약을?

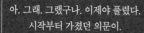

아. 그래. 그랬구나. 이제야 풀렸다.
시작부터 가졌던 의문이.

어째서 게임 초반에
돈이 그렇게 많이 사라졌었는지.

그것도 모르고 싸워댔던 거라고?.
서로 의심하고 불신하고 미워했던 거라고?
그게 다 2호… 때문이었다고?!

2호와 7호는 한참을
얘기했다. 아마 남들에겐
말 못할 사정(사재기)이 있겠지.

결심했답니다. 다만,
방(약) 정리할(숨길)
시간 정도는 줬으면 해요.

그 말은.

7호 님은… 알고
있었네요. 이 일.
초반부터.

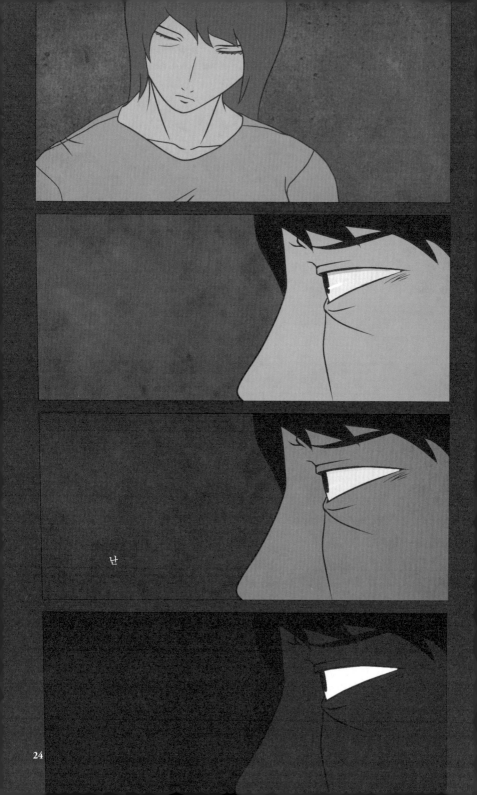

그렇게 착한 사람은 아니지만.
그렇다고
그렇게 나쁜 사람 또한 아니었다고 생각한다.

후우우우우우-

평균 정도의 양심, 정의감,
선의지 같은 걸 지니고 살아온
보통 사람이라고 생각한다.

와 오늘도 졸X 빡셌다.
손 안 벌리고 등록금
마련하려니까 힘드네.

오빠! 꽁초 좀
바닥에 버리지 마!

ㅋ미화원 분들도
할일이 있어야
안 짤릴 거 아냐.

으이구! 하여튼
말은 잘해요!

맛난 거나 먹으러 가자.
알바비 나왔으니까 쓸게.

가끔 적당히 착하고 가끔 적당히 나쁜.
그 정도 양심의 농도를 가진 채
살아왔다고 생각했다.

하지만 이곳엔, 내가 평균이라 상정한 기준과는
너무도 먼 인간들만 모여있다.
평균 위로도. 또 아래로도.

그게……제가 잘
이해가 안 가서 그러는데.

2억5천짜리 약을
매일 사먹겠다구요?

이만큼은
나혼자씀

자기만 살겠다고?

그건 너무 이기적이잖아요! 혼자 그 돈 다 쓰는 건!

그럼 '우리'는 어쩌구요!!

……'우리'라.

'우리'가 이렇게 쉽게 정의가 바뀌는 말이었구나.

어떤 결정을 내리셔도 상관없어요 그건 8호 님 자유니까.

그럼, 대답 기다리겠습니다.

달칵-

악의로 똘똘 뭉친. 그야말로 악랄하고 괴랄한. 설계와 섭외.

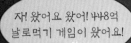

자! 왔어요 왔어! 448억
날로먹기 게임이 왔어요!

편하게 먹고자고싸다가
100일 지나면
남은 돈 다 님거!

자! 왔어요… 왔……ㅋㅋ
날로ㅋㅋㅋㅋ

ㅋㅋㅋㅋㅋㅋㅋㅋ
ㅋㅋ ㅋㅋㅋㅋㅋ
ㅋㅋㅋㅋㅋㅋㅋ
병X들 ㅋㅋㅋㅋㅋ

소름이 돋는다. 저들이 또
어떤 지뢰를 숨겨 놨을지. 또
어떤 절제 없거나 사연 있거나
미친놈을 데려다놨을지.

이……
씨이…X……

선택하라 했다. 힘을 합치거나, 빠지거나.
어떤 결정도 존중한다 했다.

물론 저도 돈이 필요해요.
어쩌면 여기 있는 그 누구보다도

하지만. 그래도 사람
목숨보다 돈이 더 중요하다
생각하진 않아요.

그런 세상에 살고 있다고
믿고 싶지는 않아요.

그래. 안다. 나도 안다. 나도 상식이 있으니까.
사람이 돈보다 귀한 건 당연한 상식이니까.

안다고 시X…
그건 나도 아는데…

하지만 금액이 너무 상식 밖이잖아.
2억5천짜리 약을 남은 70일 동안 먹으면 175억.

그건 아니지……
아무리 착한 척하고 싶어도
그건 진짜 아니잖아……

그냥…
그냥 좀……

2호가 필요한 약값은
잔고 340억의 절반인
175억.

하지만 다음 말을 차마 입 밖으로 내진 못했다.
이성인지 양심인지 혹은 공포인지 모를
내 안의 무언가가 다시 그 말을 삼키게 했다.

꿀꺽-

"그냥 좀"

"혹시 조용히 죽어주면 안될까?"

라는 말을

다음날 아침. 2호 사태는
내 의지나 판단이나 선택과는 상관없이

삐릭-

34,910,489,000

삐빅-

33,857,159,000

극적인 터닝포인트를 맞이했다.

머니게임
MONEY GAME

#17

"내가 다 써버릴 거야!"

복지의 종류는 광범위하고 다양해요. 최저 생계비, 노인 연금, 장애인 지원 등 쉽게 떠올릴 수 있는 직접 복지에서

도시환경 정비, 교통망 확충, 치안 유지 등의 간접 복지까지 그 개념을 확장해본다면,

< 복지의 뜻 >

福祉 : 행복한 삶

welfare : well(좋은) + faran(평안)

국가가 행하는 대부분의 사업을 복지라 부른다 해도 크게 잘못된 설명은 아녜요.

삶의 질을 높여 국민의 행복도와 소속감 증진에 기여한다는 점에서 사회복지 존재 자체에 의문을 가지는 사람은 없지만

문제는, 인간은 덜 주고 더 갖고 싶어 하는 본능을 가진 존재라는 거죠.

하룻밤 만에 10억이 사라졌다.

33,857,159,000

누가 썼는지 말할 때까지.

우두두둑-

한 새X씩 돌아가면서
처맞는 거야.

좋지?

싫다.

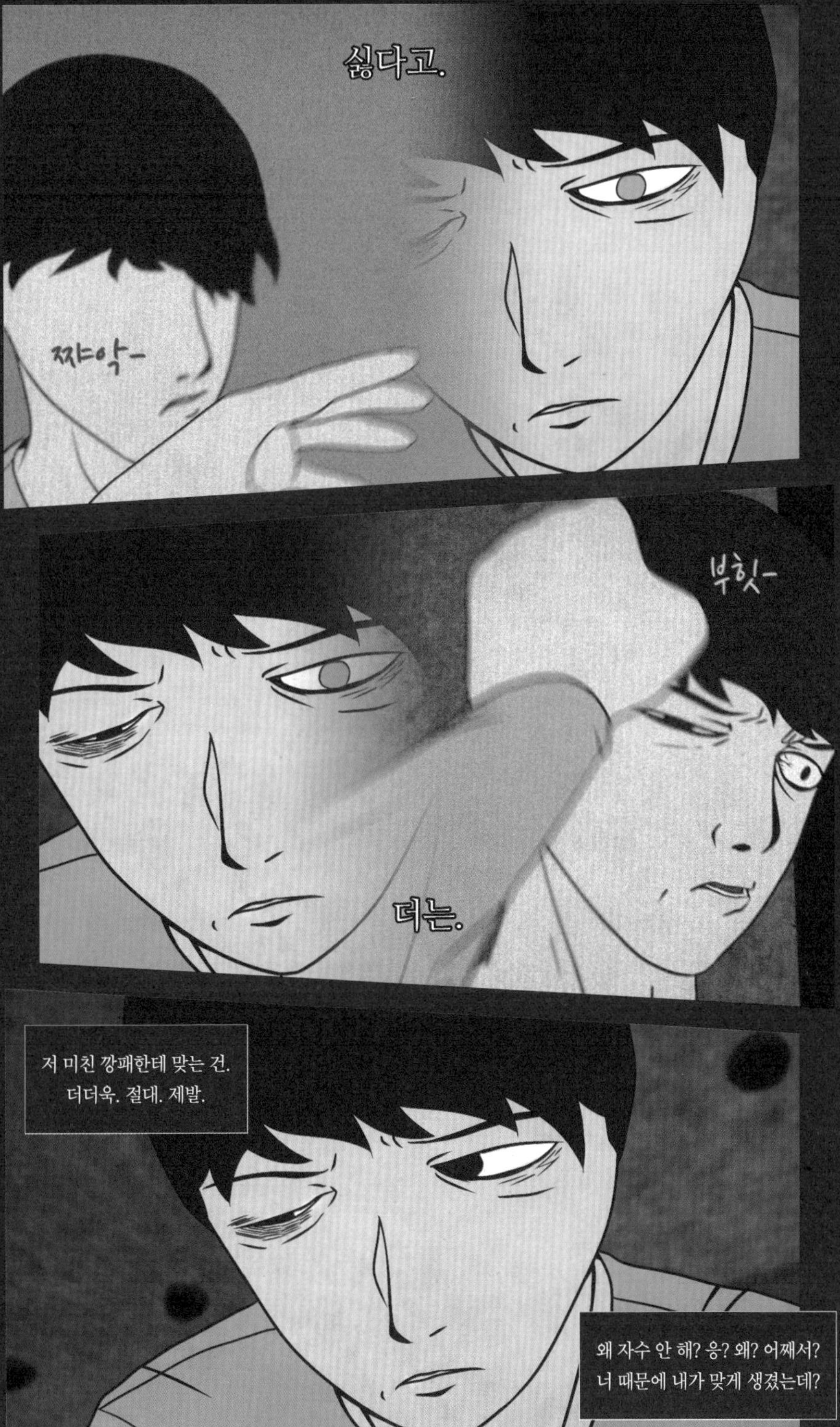
싫다고.
쩌ㅏ악-
부힛-
더는.
저 미친 깡패한테 맞는 건.
더더욱. 절대. 제발.
왜 자수 안 해? 응? 왜? 어째서?
너 때문에 내가 맞게 생겼는데?

너잖아.

네가 샀잖아. 혼자 살라고.
약. 샀잖아. 2억 5천짜리 약.
네 알. 10억. 샀잖아.

말해. '제가 샀어용!' 하고.
빨리. '이 사람들은 죄 없어용!' 하고.

퍼억-

그래. 결국 이렇게 됐다.
이렇게 될 수밖에 없는.
끝이 뻔한 수순이었다.

다음.

아무도 견제하지 않는 권력이,
아무도 저지하지 않는 폭력이.
스스로 자정할 리도 자제할 리도 없었다.

대중은 지배자가 필요하다.
자유를 주어도 어찌할 바를 모르니
- 아돌프 히틀러 -

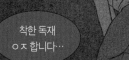

착한 독재
ㅇㅈ 합니다…

하지만 나는 방관했었다.
왜냐고? 나는 당하지 않았으니까.

뭐가 불만이지?
왜 조용히 안 지내고
일 키우려 하는 거지?

심지어 응원했었다.
왜냐고? 나한테 이롭다 생각했으니까.

그 방관과 응원의 결과,
결국 내 차례.

제발 자수해. 이대로는 안 끝나잖아.
하루종일 이렇게 맞고 있을 거야?
왜? 왜 아무도 말을 안 해?

잠깐. 약. 2호가 산 게 아닌가?
본인이 산 게 아니라면...... 덕후가 몰래?

오, 오X지오
4알 주세요......

아냐. 그럼 진작 자수했겠지.
좋아하는 2호가 맞고 있는데.

누구인가.
날 소환한 자는.

그것도 아니라면……
혹시, 제 3자가 산 건가?

오■지오정

어쩔래. 너는.

거액이 사라지면 3,4호가
미쳐 날뛸 게 뻔하니까.
이 사단이 날 게 당연하니까.

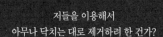

저들을 이용해서
아무나 닥치는 대로 제거하려 한 건가?

퍼억-

꼴좋다. ㅋ

온다. 맞는다. 싫어. 온다. 제발요.
말할까? 저 셋 중에 하나가. 약 샀을 거라고.
소, 솔직하게 말하면 난 봐주지 않을까?

너는?

그, 그, 그래. 내가 왜 맞아야 해?
내가 쓴 돈도 아닌데 왜 내가
맞아야 하냐고. 불공평하잖아.

시X! 이건 불공평하다구!!!

사, 사실은…

Stuck!!

막아? 이게 진짜
뒈질라고……

아닙니다! 아녜요! 오햅니다!

아녜요! 잠시만요!
그게 아니라! 사실은!

타타탓-

응?

이 X년이!
뭔 지X이야? 미쳤어?

뭐, 뭐야. 갑자기 왜 저래?
진짜 미친 건가? 못 참고 그만
미쳐버린 건가?

어.

놔!! 안 놔?
죽인다 진짜!

XXX이.
대패로 얼굴을 갈

압.

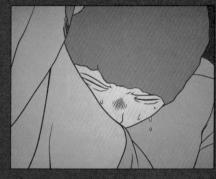

이···아, 악당······
더 이상은······

덕후가.
깡패를 찔렀다.

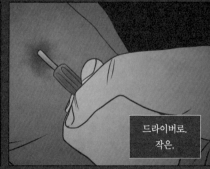

드라이버로.
작은.

이, 일자 드라이버…
최대한 긴 거요……

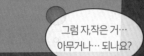

그럼 자,작은 거…
아무거나… 되나요?

누가 봐도 무기가 아닌 도구.
위력도 저지력도 하찮은.

작다고 무시ㄴㄴ.
급소에 크리티컬 힛
뜨면 어차피 한방.

CUTY♥

그래. 문제는 크기가 아니라
부위겠지만 허벅지를 찌른
그 순진한 결의에서
이미 실패의 예감이 들었다.

목 같은 급소를 노렸으면
일격에 제압 가능 했을 수도
있었겠지만.

이……
개XX가……

빠각-

그럴 수 없었겠지.
애초에 그럴 수 있는
사람이 아니었겠지.

애초에 그럴 수 있는
사람은 거의 없겠지.

프로들도 망설임 없이 반사적으로 적을 쏘기 위해

수천 수만 시간을 들여 훈련을 거듭하는데

우발적

계획적

분노에서 기인한
우발적 폭력이 아니라

이성으로 기획한 계획적
폭력이었기에 더욱 망설이고
더더욱 타협했겠지.

위험하다.

위험하다.

위험하다.

힘을 합쳐야 해요

그렇지 않으면
언젠가 저들이······

말려야 하겠지? 그게 맞겠지?
그게 의리고 도리겠지?
몸을 내던져 불의를 막고
7호를 지켜내야··· 하겠······

······지만 너무 무섭다.
너무 무서워서 오줌이 나올 지경이다.

아. 그건 정상적인
반응입니다. 위기
상황에서 강한 요의가
생기는 이유는

내장이 파열됐을
경우 분뇨가 장기를
오염시키는 걸
막기 위한·····

뭐? 내장 파열?
미친 졸X 무섭네.

그…그래도.

그래도!

그래도!!!

그…
그만흥······

그만두세요!!!!

안 멈추면 돈 다
써버릴 거니까!!!!

마지막으로, 개인의 욕망을 법이란 강제력을 동원해서 제어한다는 게 재밌는 부분인데

이는 인간의 욕심이 얼마나 강렬하고 맹목적인지를 보여주는 방증이라 생각해요.

< 복지의 뜻 >

福祉 : 행복한 삶

welfare : well(좋은) + faran(평안)

다시 말해, 인간 사회에서.

개개인의 도덕이나 선의지 만으로 복지 즉, 행복한 삶과 평안을 기대하는 건.

불가능하다고 보는 게 맞지 않을까… 라는 생각이 드는 거죠

머니게임
MONEY GAME

#18

"이제 남은 선택지는 없다"

……나한테.

명령하지 말고
아X리 닥쳐.

많이 봤어. 니들처럼
개기는 것들. 엄청 많이.

처음엔, 왜 겁 없이
개길까? 궁금했었는데.
이유는 하나더라고.

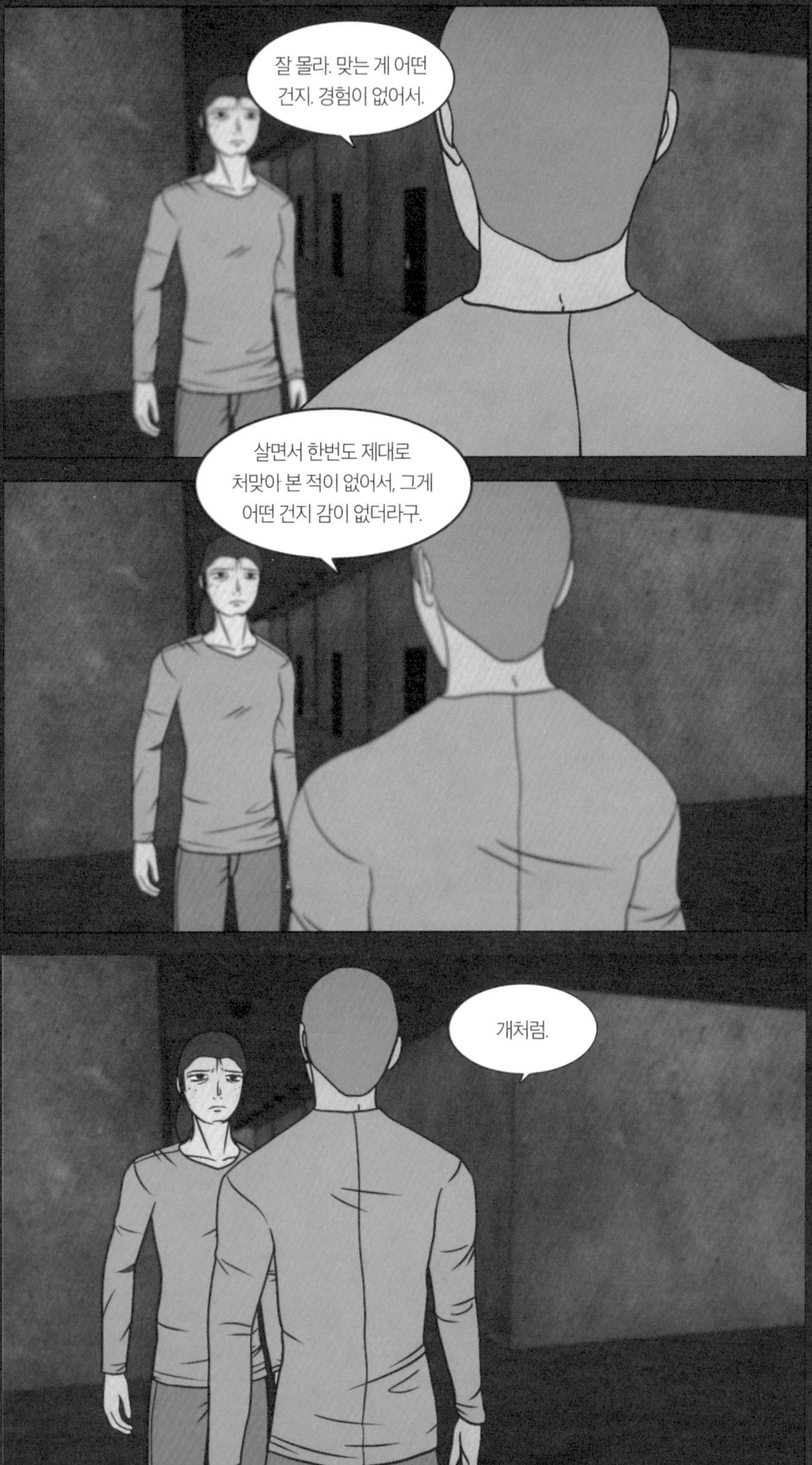
잘 몰라. 맞는 게 어떤 건지. 경험이 없어서.
살면서 한번도 제대로 처맞아 본 적이 없어서, 그게 어떤 건지 감이 없더라구.
개처럼.

처맞아서 대가리 곤죽돼도
그 소리 계속 할 수 있으면

돈. 니 맘대로
다 쓰게 해줄게. 좋지?

좋냐고 ㅆㄴ아.
묻잖아.

끝났다.
실패다.

광장에 남은 건 겁먹은, 우는, 쓰러진, 외면하는
패잔병들.

…아, 아느…
아니ㅇ……

예견된 실패였다.
순진하고 안일했던
첫 일격에서 이미.

실패한 쿠테타는 즉결처형이다.
같은 위협이 또다시 발생하는 걸 멍하니 보고 있을 멍청한 독재자는 없다.

밤에, 개인실
잠기기 전에, 못 움직이게
묶어놓을게요.

그럼 되죠? 그렇게 할게요.
그래도 안 되겠다면,
진짜 그 애한테 손대겠다면.

우리도 더이상
못 물러서요.

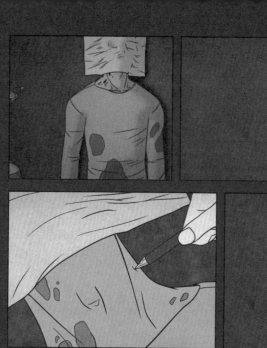

꼰대를 찌른 연필.
사체의 미생물, 즉 박테리아.
즉 미지의 병원균에 흠뻑 적신,
훌륭한 생화학 무기가 된, 연필.

+0 연필이 독 인챈에 성공하였습니다.

물론 막히겠지만. 그래도, 운 좋으면 한번은 찌를 수 있겠죠 그걸로 충분해요!

단 한 번이면……

잘 모르겠다. 저 연필이 그렇게 치명적인 건지.

하지만 그걸로 된 거다. 잘 모른다는 것만으로 충분하다.
공포는 항상 무지에서 오는 거니까.

68

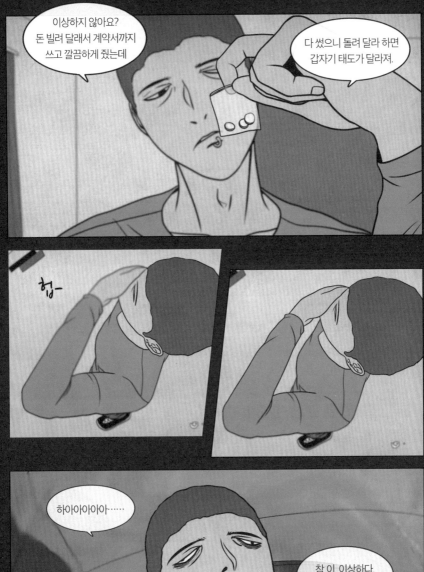

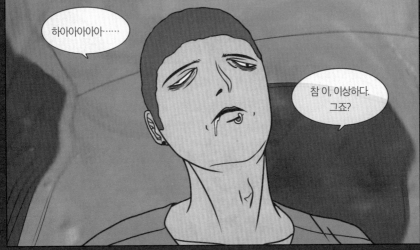

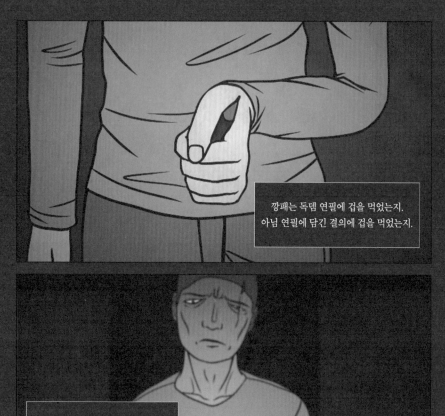

깡패는 독뎀 연필에 겁을 먹었는지.
아님 연필에 담긴 결의에 겁을 먹었는지.

그것도 아니면 부상 입은 상태에서
나머지 모두를 상대하는 건
불리하다 생각했는지

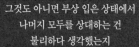

묶는 건.

내가 직접
확인한다.

쿠테타는 그렇게 마무리됐지만
후폭풍은 심했다.

힘들겠지만,
조금만 견뎌······

게임 시작 33일째.

33,756,959,000

총원 8명 중

사망 1 / 부상 3 / 질병 1

불과 한 달 만에.
죽거나 다치거나 아픈 사람이 반 이상.

독재는 스스로
시작하지만.

결코 스스로
끝나지는 않아요.

어쩌면 예견된 파국이자 정해진 결말.
3,4호에게 명분을 주고 권력을 이양한 순간.
이미 끝이 정해져버린.

앞으로 하루
2천 원만 쓰기! 약속~!

어쩌면 좀 더 합리적이고 이성적인.
모두가 납득할 만한
자치 방법이 있지 않았을까?

돈이 최고

돈 X라 많이
남네? 개꿀!

씨이X…
이제 와서 무슨……

그래. 이미 늦었다.
모두 깨달았다.
순진했던 사람들은 사라졌다.

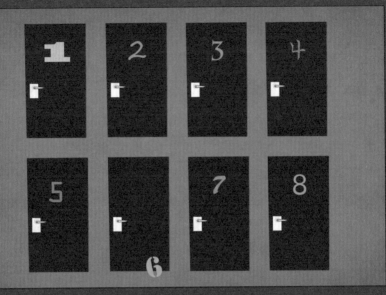

죽고 죽이는 문제가.
화면 너머 픽션이 아닌
현실이 되었단 걸 깨달았다.

어설픈 쿠테타의 결과로
3,4호의 경계는 더욱 심해졌고.
당연히 무장도 했을 테지.

이제 남은 선택지는 없다.

과도……
살 수 있나요?
작은 거라도

지금까진 살기 위해 아무 행동을 하지 않았지만.
이제부턴 살기 위해 어떤 행동이라도 해야 한다.

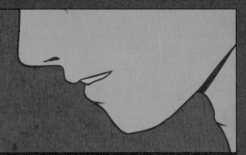

그럼 커터 칼은요?
문구용.

600,000

이건 된다. 그들이 판단하기엔,
이 정도가 무기와 도구의 경계인 것 같다.

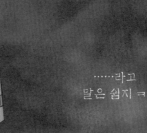

야, 알지?
허벅지 말고. 모가지.
모가지면 한방이야…

……라고
말은 쉽지 ㅋ

……네
사겠습니다.

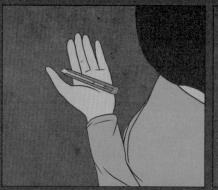

커터를 손에 쥐자, 비로소
무거운 현실감이 마음을 짓누른다.

이걸로
버텨야 한다고?
이딴 학용품으로?

싫다. 끔찍히도 싫다.
누굴 해하기도, 내가 해해지기도 싫다.

그런 피 튀기는 활극은
내 계획 어디에도 없었다.

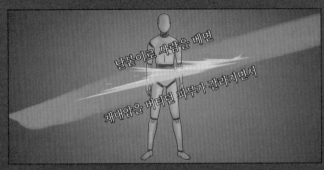

날붙이로 사람을 베면

채내압을 버티던 피부가 갈라지면서

베어 벌어진 곳의 근육이

활어처럼 부풀어 튀어오른다고 했다.

그곳이 복부라면

장기가 바닥으로 쏟아진다고 했다.

장기가…
바닥……

우웁!

무섭다. 너무 무섭고 잔혹하고 또 끔찍하다.

잠깐.

저들이.
우리를.
'보호하기' 위해?

아니. 이건 서로 죽이라는 의도가
뻔히 보이는 게임인데. 앞뒤가 안 맞잖아.
그럴 리가 없잖아.

힛. 좀 더 빨리
눈치채주길 바랐는데

그게 아니라.

애초에
그 반대로 생각했어야 하는 거잖아.

머니게임
MONEY GAME

#19

"검열과 의심"

왜 격투기 시합은
체급별로 치뤄지는가.

시합의 공정을 기하기 위해? 맞다.
선수 보호 차원에서? 역시 맞다.

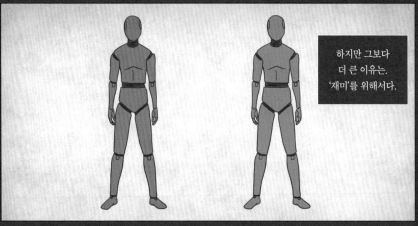

하지만 그보다
더 큰 이유는.
'재미'를 위해서다.

* 본 시합은 관객이 없어 취소되었습니다.

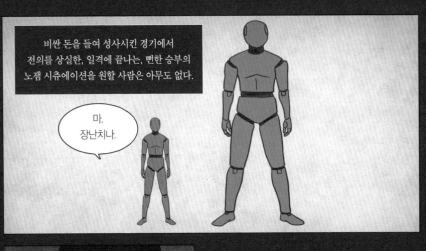

비싼 돈을 들여 성사시킨 경기에서
전의를 상실한, 일격에 끝나는, 뻔한 승부의
노잼 시츄에이션을 원할 사람은 아무도 없다.

마.
장난치나.

탕-

응. 한방 컷.

주최 측이 총포/도검 구매를
금지시킨 이유 또한 이런 노잼 상황이
되는 걸 원치 않았기 때문이다.

허둥지둥

아둥바둥

그들은

그만, 그만 찔러!
아파! 그만!
그만! 악! 아파!

악! 야! 악!
그만 좀! 제발!
악! 아프다고!

끔찍하고, 잔인하고, 처참하고 또 처절한.
그래서 더더욱 구경할 맛이 나는 상황이 연출되는 걸
원했기 때문이다.

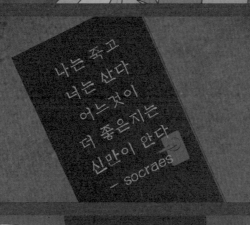

다시 한번 깨닫는다.

이딴 조잡한 날붙이로는
절대 나를 지킬 수 없다는 사실을.

자......
자신 있어?

자신 있음
드, 들어오고!

이걸 실전에서 써봤자

악! 악! 악! 악!
악! 악! 아악! 악!

이겨도 져도 재기불능.
어쨌든 만신창이.

기이이이잉_

제대로 된 무기가 갖춰야 할 요소는
위력과 내구도 그리고 저지 거리.

몇 겹으로 날 끝을 단단하게 만들고 손잡이를
이어 붙이면, 일종의 단창을 만들 수 있을 것 같다.

— 일종의 ㅋ 단창 ㅋ

그래, 이거면…이거라면.
어쩌면. 몸을 지켜낼 수……

있나?

삐리릭-

철컹-

아.

8시.
개인실 잠금장치가 풀렸다.

더 자야지……

나가 봤자
할 일도 없…

콰-

어?

뭐……

일어나서 벽으로 붙어.
대가리 깨지기 싫으면.

느닷없이.
굿모닝 검열이 시작됐다.

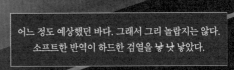

어느 정도 예상했던 바다. 그래서 그리 놀랍지는 않다.
소프트한 반역이 하드한 검열을 낳 낳았다.

93

그리고 여기 더해.
신사적으로 주먹다짐 하던 시절 역시 끝.
다들 소도구 하나씩은 장만하신 걸로.

아무것도 없는데?

그럼. 아무것도 없지. 들키는 순간 X될 게 뻔한데
바보 아닌 이상 누가 무기를 전시하고 있겠…

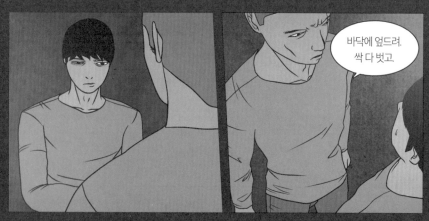

바닥에 엎드려.
싹 다 벗고

그리고 그들 역시
바보는 아니었다.

와. 상상을 초월하는
미친새X였네.

당연히 굴욕적이어야 했다.
하지만 아니다.

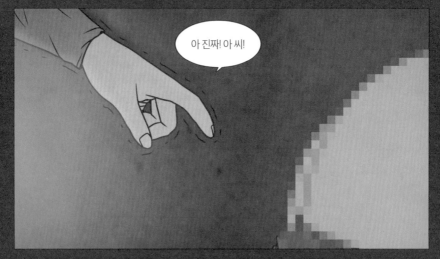

이후 벌어질
일에 대한
공포가.

그런 말랑한
감정 따위는

생각도
나지 않게 한다.

X발 진짜 미친…
토 나와…

매타작

후 빠른 반성

헉! 허억. 헉.
죄! 허억-

죄, 죄송합니다.
그, 그냥 혹시나 해서.

그래서 산 겁니다.
다, 다신 안 그러겠습니다!

……상관없어.
이제.

더는 뻘짓거리 못 하게
준비한 게 있거든.

네? 약이요?
신용도 사라진 것 같다.
누가 썼어? 10억?
약이라면 다화성 경발증? 인가 뭔가, 그 약?
제가요? 아닌데요. 제가 그걸 뭣하러 사요.

뜬금없는 의심에 화가 난다.
하지만 그보다 뜬금없는 건.

한알에

₩250,000,000

그 약.
지들이 산 게 아니라고?

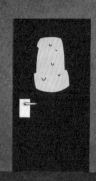  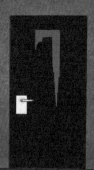

그럼 누가 샀단 거야.
애초에 약 구매랑 깡패 제압이 한 세트로 계획된 게 아니었나?
뭐야. 뭐가 어떻게 돌아가는 거야.

잠깐. 설마 이것들.

나한테 덮어씌우려는 건가? 내가 끝까지 지들 편에 안 서니까.
이것저것 뒤집어씌워서 날

GAME OVER

치웨버리려고?

X발……

좋지 않다. 뭐가 어떻게 돌아가고 있는지는
알 수 없지만, 결코 나한테 유리하지 않다.

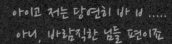

아이고 저는 물론 깡 ㅍ…..
아니, 깡 좋은 님들 편이죠.

아이고 저는 당연히 바 ㅣ…..
아니, 바람직한 님들 편이죠

망했다. 새도 들짐승도 아닌 새짐승처럼 살다가.
새 편도 짐승 편도 못 됐다. 그냥 론리 X신이 됐다.

하하
그럼 난 이만.

이대로는 안 된다. 서둘러 손을 써야 한다. 혼자만의 힘으로 이 스튜디오에서 살아남는 건

더이상은 불가능할 것 같다.

끼이이익-

서둘러 연합을, 내 편을 만들어야 한다.
마침 다행히. 한 명 있다. 혼자인 사람이.

지금은 때가 아닙니다.

그때는 때가 아니었지만, 지금은 때인 게 아닐까?
깡패 커플이 저렇게 미쳐 날뛰는데, 5호 역시 혼자 헤쳐 나가는 게
슬슬 힘에 부치지 않을까?

매일매일, 내 몫 2000원에서 떼서,
물이나 음식을 조공하면
힘을 빌려주지 않을까?

살금살금

조기요
5호 님?

그리고 어쩌면, 막 엄청난
싸움 고수라서. 지금껏 평점심을
유지할 수 있었던 게 아닐까?

조금만 기다려. 때가 되면
보여줄게. 완전히 달라진 나.

제발 그랬으면. 제발.
그런 사람이 내 편이 돼 줬으면. 제발. 제발. 제……

저기. 5호 님?
잠시 얘기 좀……

5

벌컥―

무슨 일입니까?

어?

머니게임
MONEY GAME

#20

"후회와 망상"

아, 네……
그……

아, 아닙니다.

아무것도

그럼. 쉬세요.

뭐야.
이놈도 뭐 숨기다 걸려서 처맞았나?
아니. 그럴 거면 가오는 왜 처잡은 거?

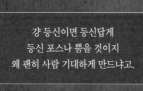

걍 등신이면 등신답게
등신 포스나 뿜을 것이지
왜 괜히 사람 기대하게 만드냐고.

개짱나네.

아무리 대가리를 굴려봐도

답이 안 나온다.

이기지도 못할 거면서. 왜.
왜 시X 괜히 덤벼서.

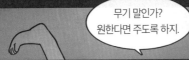

검열만, 규제만 감시만 심해지게 만드냐고.
이 병X들아……

아니. 어쩌면.

아직 기회가
남아 있지 않을까?

지금이라도.

지금이라도
다 내던지고

그들 편에……

우리가 누구냐 물으신다면!

대답해 드리는 게 인지상정!

스튜디오의 질서를
지키기 위해!

머니게임의 돈을
아끼기 위해!

역시. 그거였다.
나머지도 묶인다. 오늘 밤부터는.

멍뭉?

그야말로 개. 같은.
목줄 나잇이 시작된다.

돈 펑펑 다 쓸거얏!
뭐 어쩔건뎃!

뭘 어쩔 거냐더니. 뭐 이렇게 됐다.
찌른 돼지와 대든 여학생의
환장 콜라보.

왜. 왜. 왜 니들이 똥싼 걸
내가 같이 치워야 하냐고.

그때 알았지.

이 ㄴ들 한텐 잘해줄 필요가 없구나.

잘해주든 못해주든 욕할 ㄴ은 어차피 욕하고 뒷통수 칠 ㄴ은 어차피 치는구나.

맞지? 니들도 똑같이 행동했으니까 잘 알 거 아냐.

그러니까. 기대해. 오늘부터는 좀 다를 거야.

기대해. 준비한 게 있으니까

121

한명 씩 나와서
줄 가져가.

그리고

오늘부터는 다를 거라는,
기대하라는, 그들의 말은
목줄만을 뜻한 게 아니었다.

방에 기어들어가지 말고
광장 구석으로 붙어.

형벌과 감시가 동시에 행해지는
매우 효율적으로 끔찍한 미래가 우릴 기다리고 있었다.

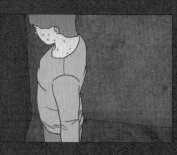

아침 8시에
개인실 문이 개방된다.

밤 12시에
개인실 문이 폐쇄된다.

개방과 폐쇄 사이 이 16시간이
참가자에게 주어진 자유시간…

이었지만.

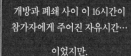

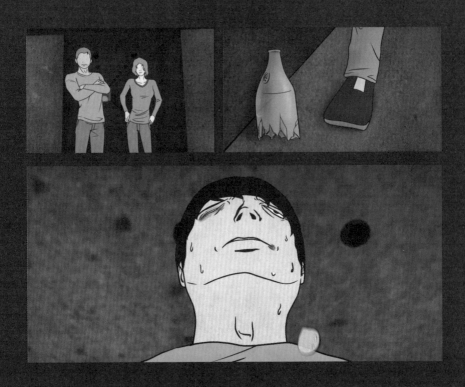

16시간의 짧은 자유 대신, 16시간의 기나긴 형벌이 그 자리를 대체한다.

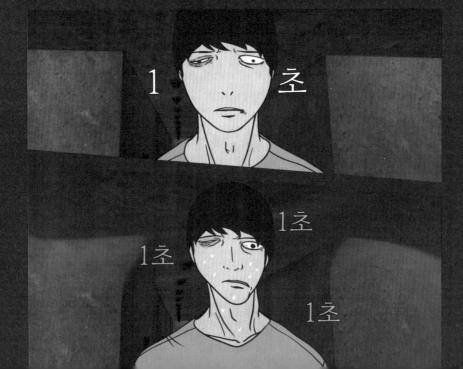

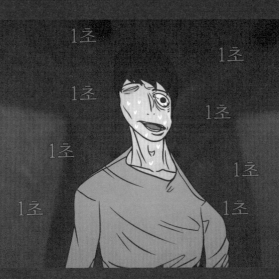

1초 1초 1초 1초 1초 1초 1초 1초 1초 1초 1초 1초 1초
1초 1초 1초 1초 1초 1초 1초 1초 1초 1초 1초 1초 1초
1초 1초 1초 1초 1초 1초 1초 1초 일초 1초 1초 1초
1초 1초 1처 1초 1초 1초 1초 1초 1초 1초 1초 1초 1
초 1초 1초 1초 1초 1초 1초 1초 1초 1초 1초 1초
1초 1초 1죠 1초 1초 1초 1초 1초 1초 1초 1초 1초
1초 1초 1초 1초 1초 1초 1초 1초 1초 1초 1초 1
초 1초 1조 1초 1초 1초 2초 1초 1초 1초 1차 1초
초 1cho 1초 1초 1초 1초 1초 1초 1초 1초 1초 1초
1초 1초 1초 1처 1초 1초 1초 1초 1초 1초 1초 1
1초 1초 1초 1초 1초 1초 1초 1초코 1초 1초 1초

찌른다. 시간이.

온 몸을. 온 신경을. 온 정신을.

예리한. 날카로운. 뾰족한. 초침의. 바늘이.

이 부동의 16시간 동안.
이 960분 동안. 이 57600초 동안.
내가 할 수 있는 유일한 일은.

레디⋯⋯

피칭一

액션!

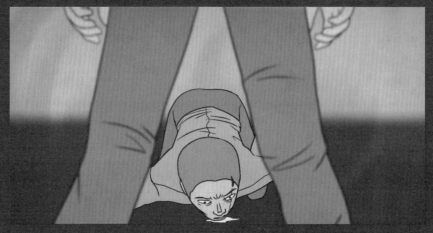

크흑 이런 힘을 숨기고 계셨다니
그동안 몰라봬서 죄송합니다.
제발 한번만 용서를......

나를 무시하지.

마라……

망상.
이게 내가 유일하게 할 수 있는 것.
끝없는. 끝없이. 끝나지 않는. 망상.

고통스럽다.
너무 고통스러워서

33,614,619,000

미쳐버릴 것 같다.

미칠 것 같다.

미칠 것

이게 다 저ㄴ 때문이야.

같

그래…
이게 다……

응.
당연하지.

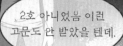
2호 아니었음 이런
고문도 안 받았을 텐데.

풀어주지 않을까

머니게임
MONEY GAME

#21

"억압받는 시간이 길어지면"

니 몸 아픈 게.

네 몸 망가진 게.

나 때문이야?

우리 때문이냐고.

비틀

아니잖아. 그렇지? 그냥 그건
네가 운 없어서 그렇게 된 거잖아.

비틀

비틀

근데 왜 네 고통을.
우리가 같이 짊어져야 하지?

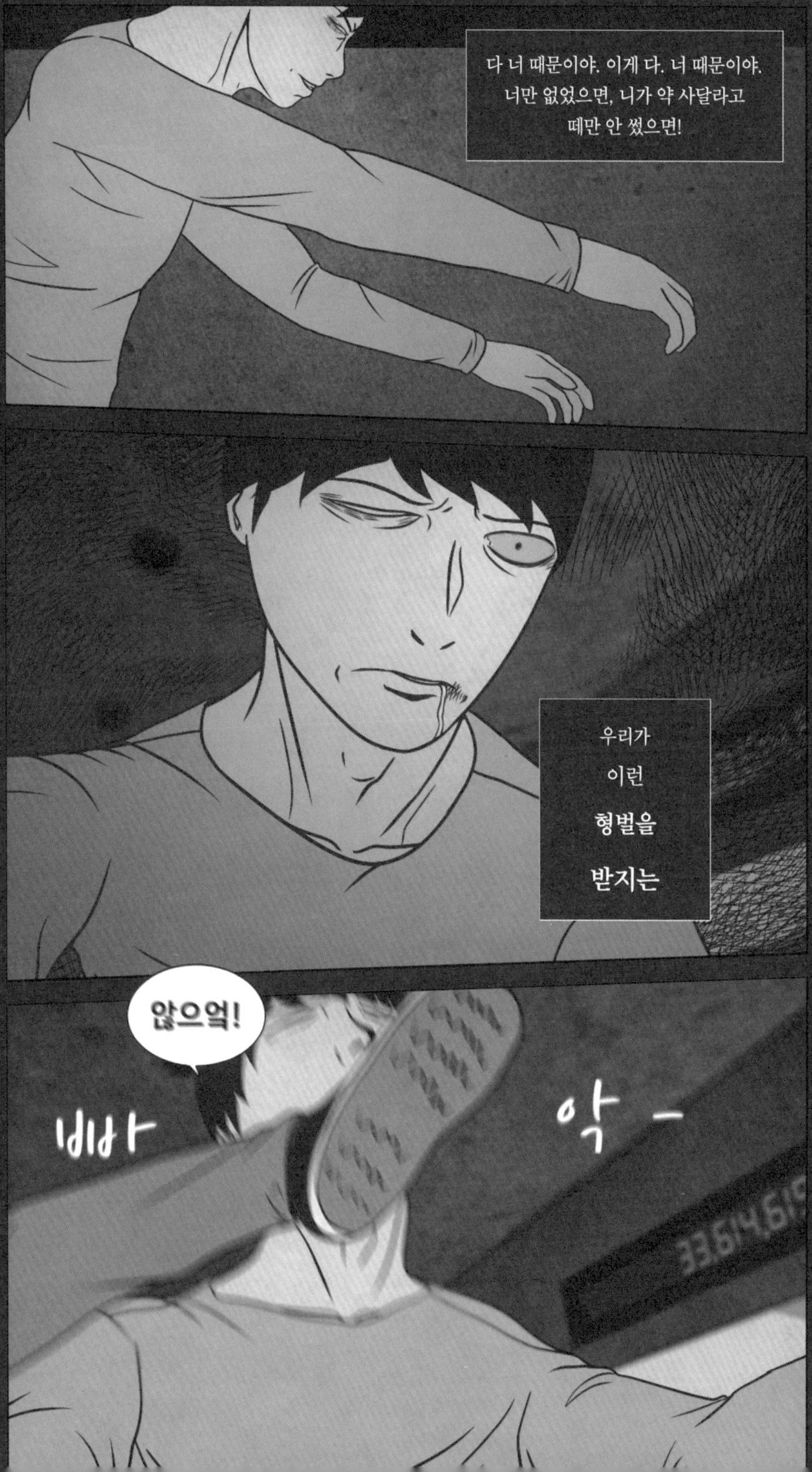
다 너 때문이야. 이게 다. 너 때문이야.
너만 없었으면, 니가 약 사달라고
떼만 안 썼으면!
우리가
이런
형벌을
받지는
앓으억!
빠
악 -

처맞으니 비로소
나갔던 멘탈이
제자리로 돌아온다.

처맞아 쉬니 비로소
내가 무슨 짓을
하려 했는지
깨닫게 된다.

개사료.

참참참

냠냠

쭈압
쭈압

참참참참참참

굴욕감? 그런 건 잊은 지 오래고.
개밥이든 고양이 밥이든 배부르게 먹을 수 있는 것만으로도 감사하다.

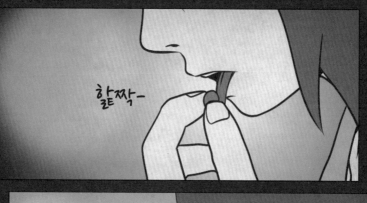

할짝~

이 담백
고소한 풍미.

그리고 느껴지는
영양소의 배합에서
미뤄 봤을 때.

단언! 이건 로얄캐논!
꽤 고급 사료입니다!

어느 정도 짐작은 하고 있었지만.
이 여자, 역시 개빠였다.

〈 7호실 〉

그냥 저런 사람인 건가?
동물도 사람도 함부로 못 버리는.
그래서 그렇게 2호를 감싸고 돌았던 건가?

......

허겁지겁-

......열심히 먹는다.
살겠다고.

그 모습을 보고 있으니 조금
불쌍하다는 생각이 들었다.

콜록!
콜록! 켈록!

불치병에 걸렸는데도. 몸이 그렇게 망가졌는데도.
살겠다고. 살아보겠다고. 저렇게 욱여넣는다.

뭐 생각해? 지금?

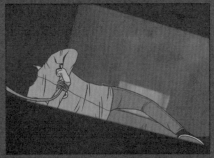

그때.
내가 웃은 이유는.

강자에게 억압받는 시간이 길어지면,
그 분노가 같은 상황에 있는 약자에게로 향한다는 말을 기억해냈기 때문이고

지금.
내가 웃지 못하는 이유는.

나 역시 그런 뻔한 인간일 뿐이라는 걸
또, 다시 한번

확인했기 때문이다.

머니게임 시작 후 38일 경과.
기립형벌 시작 후 03일 경과.

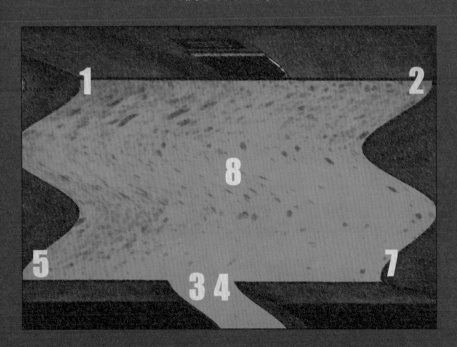

하루 1번의 식사와
하루 2번의 화장실을 제외하면
하루 16시간의 끔찍한 부동기립.

하아-

하아-

그리고 이 빌어먹을 형벌을 더
처빌어먹게 만들어주는 건, 엿 같은 위치 선정.

또옥-

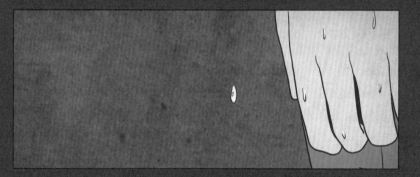

찰박-

어째선지 내가 센터를 차지했다.

저를 센터로 뽑아주신 3,4호 님의 응원에 진심으로 감사드립니다!

이 게임이 아이돌 투표 쇼라면 와우 가슴 벅찬 영광이었겠지만.

아니다. 이 형벌에서. 이 포지션은.

다른 인간들은 벽에 대가리 기대고 몰래 쉴 수라도 있지만.
센터에선 그게 불가능. 게다가.

33,072,909,000

그러고 보니, 멘탈이 나가서 미처 몰랐었는데
요 며칠간 돈이 꽤 많이 사라졌어……부스럭-

뭐하는 거야?

부스럭 부스럭-

아, 안 돼.

응?

부스럭-

부스스럭-

뭐지. 저것들. 뭐하는 거야.
설마? 에이. 어? 설마?

여기서? 미쳤어?
안 된다고.

아, 아, 아니.
설마가 아닌데 저건?

가만 있어. 어차피
저 새X들 못 돌아봐.

낮에는 교대로 감시하고, 밤엔 방으로 돌아가니
그럴 시간이 없는 것도 알겠지만. 그래도,
짐승X끼도 아니고 어떻게 공공장소에서?

시X 안 된다고!!
진짜 미쳤…

짜악一

뮤찔一

……뭐야.

때렸어?

내분? 아니. 내분은 서로 갈라서는 게 내분이고.
그냥…… 저 깡패 새끼, 발정나서 미친 것 같은데?
한약 먹고 호랑이 기운이라도 솟았나?

응?

미친 X끼⋯⋯

어디 가는 거야.

그쪽은.

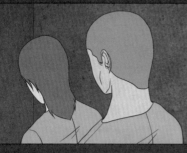

스으―

쓰으읍―

머니게임
MONEY GAME

#22

"어떤 기회"

대답하라고

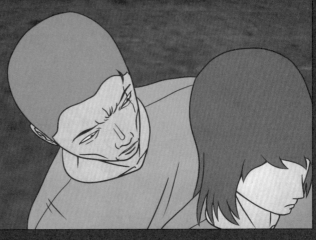

따라 올 건지
계속 있을 건지.

미친 X끼.

이젠 7호까지 손대려고?
권력의 끝은 부패와 난봉이라더니.
너무 전형적이어서 웃음이 나올 지경이다.

"조카의 귀신같은 왼발 드리블!"
– 라이언 긱스

"시가 한대 나눠 피웠을 뿐입니다."
– 빌 클린턴

"콜인원은 제 전문이죠."
– 타이거 우즈

하긴. 권력을 쟁취한 수컷들의 종착지는 거의 언제나 비슷했으니.

......아뇨

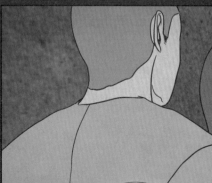

서 있겠습니다.
계속.

......그래?

벽에 대가리
기대기만 해봐 씨X아.
이젠 안 봐줘.

유치하긴. 병X.

약 처먹다 급체라도 해서
뒈져버리면 좋겠······

?!

응?

뭐···뭐야. 이X끼.
왜 내 뒤에 서 있어.

시체, 구석으로 옮기고
모래로 덮어.

아…
모래요…… 네.

사후 근 한 달 만에 (간이) 매장되는 꼰대.
그래. 진작 이랬어야 했다.
위생과 냄새와 뷰 때문이라도.

철컥ㅡ

반대로 말하면 진작 이랬어야 했는데 쭉 방치하다,
이제 와서 갑자기? 라는 생각이 들었다.

4호의 오른쪽 허벅지가. 육안으로도
쉽게 알 수 있을 정도로 부어있는 걸.

모든 증거들이 한 가지
사실을 가리키고 있다.

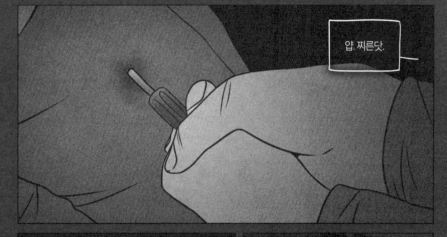

얍. 찌른닷.

한약? 효과도
모르면서 왜?

모래로 덮어.

깡패는 아프다.
병에 걸렸다.

업계 포상을
첨가해 드리죠

핥
핥

덕후가 쏘아올린 작은 드라이버가
생각치도 못했던 큰일을 해냈다.

잘 씻을 수도 닦을 수도 없는
이 더럽고 불결한 세계에선,
모든 것이 병원균의 매개체.

깡패는 감염됐다.

쑤앙이—

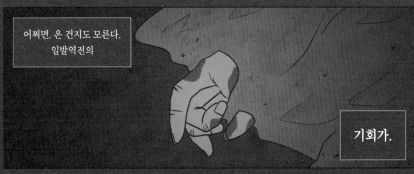

어쩌면. 온 건지도 모른다.
일발역전의

기회가.

평소였다면.

자 여러분. 오늘도 편히 서 있느라 수고하셨어요.

꼭 묶어드릴 테니 푹 쉬라구.(웃음)

이 정도로 깐죽거렸겠지만 감사하게도 불편한 심기가 훤히 보인다.

시간 됐어.

방으로 들어가.

깡패와의 유대가 약해졌다는 또 다른 굿 사인.

......

형벌 포지션은 최악이지만. 호실 운은 최고다. 내 방을 마지막으로 오니 그만큼 시간을 벌 수 있다.

철컥-

위치를 잘 잡아야 한다. 혹시라도 들키면
이번에야말로 끝장이니.

뭐야? 묶는데 왤케 헥헥대? 기분 나쁘게.

시X. 긴장을 숨길 수가 없다.
하지만 괜찮다. 이 또한 시뮬레이션 해봤던 상황.

아까 작업한다고…
6호실에 좀 오래 있었더니,

흠칫-

갑자기 몸이 안 좋네요.
콜록. 콜록콜록. 으어 콜록.

무섭지? 이새X들아.
병 옮길까 봐 흠칫하지?

콰앙-

나오. 야호!

나왔다.
허벅지 사이에 숨겼던.

결전병기.

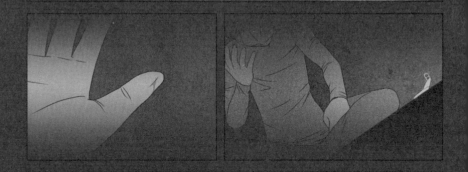

뚜껑이 날카로우니 깡패를 조지세요.

무기......

다음 날, 숨겼다.
언젠가 필요할지 몰라.
들키지 않을 만한 곳에.

혹 발견돼도. 내 것이 아니다
잡아뗄 수 있는 곳에.

아저씨. 궁디 좀
빌릴게요

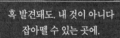 사각- 사각- 사각- 사각- 사각- 사각-

사각-
사각-
사각-
사각-

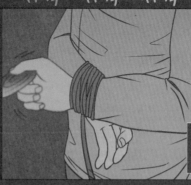

공들여 날을 간다.
날카롭게. 예리하게.

사각-

사각-

사각-

사각-

다행인 건 저들의 방심.
밧줄로 묶은 이후로는
굳이 방 수색은 하지 않으니까.

뚜껑은 박스 아래에 숨기면
들킬 염려는 없다.

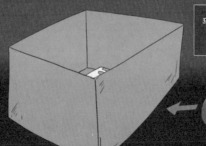

167

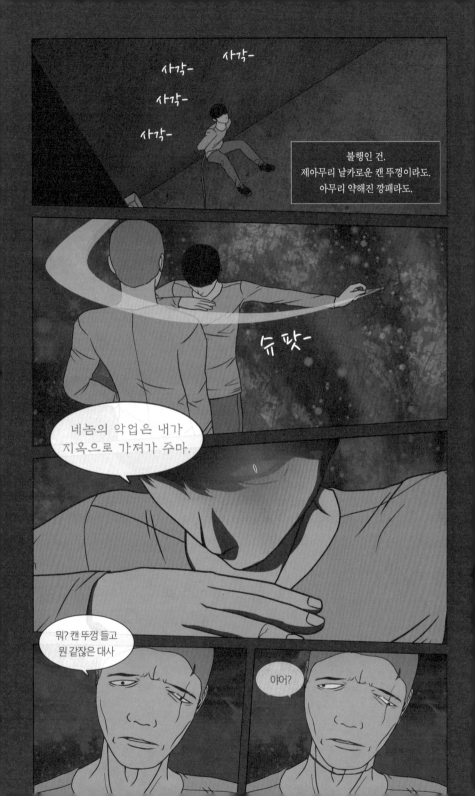

이런 만화 같은 상황은 나오지 않을 것이란 것.
이 뚜껑은, 무기가 아니라 무기에 닿기 위한 수단.

일단 한 번 줄을 끊으면 돌이킬 수 없다. 기회는 단 한 번. 단 하룻밤. 절호의 때가 오면,
긴긴 형벌 중 시뮬레이션 끝에 도달한 그 '결론'을 제조한다.

후추, 레몬, 청양고추,
와사비를 준비해요.

준비된 재료를
잘 으깨고 섞어 주어요.

분무기(압축발사 가능한)
에 담은 후 물파스를 부으면

수제 페퍼포그, 즉 호신용 스프레이.
살짝만 안구에 뿌려드려도 눈깔 폭파 가능한.

진작 깨달았어야 했다.
일반인이 이딴 소도구를 쥐어봤자 할 수 있는 건 별로 없다는 걸.

진작 노렸어야 했다.
심리적 저지가 강한 살상이 아니라, 제압을.

응.
그리고

굿나잇

기립 형벌 5일 경과.

여러 의미로
한계가 온 것 같다.
체력도, 정신력도 그리고…

후들
후들
후들
후들
후들
후들
후들

잔고도.

32,648,729,000

이틀 만에 또다시 4억 차감.
이 체세의 유일한 징점이었던
소비절제도 이제는 옛말.

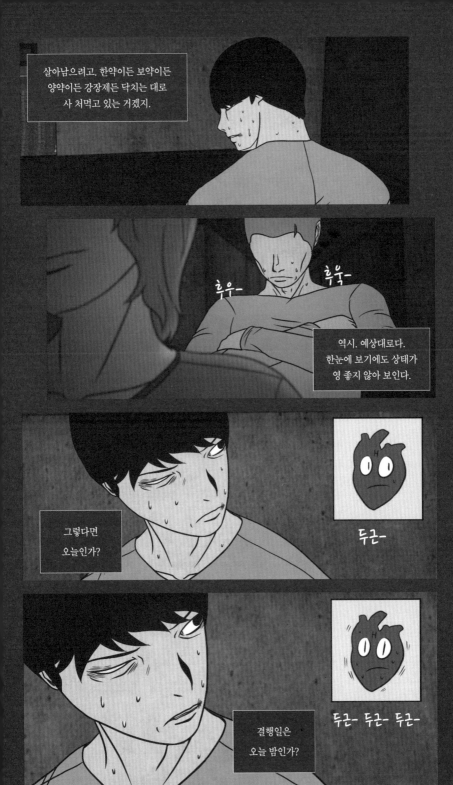

경 · 스튜디오 해방 · 축

두근-

두근-

두근-

두근- 두근-

터져욧!

이대로면 어차피 탈진해 뒈지는 엔딩.
이렇게 죽으나 저렇게 죽으나 어차피 죽는다.

물론

찌이익이-

처덕-

무섭지 않다면 거짓말이다.

뭐하냐 너?

이번에도 실패하면 누가 봐도 사망 확정.
뼈가 부러지고 관절이 끊어지고
피를 쏟으며 사망 확정…이지만.

174

일어나 XX아.
처맞기 싫으면.

저, 저기……

7호 님 대, 대신……

저는……
안 될까요?

머니게임
MONEY GAME

#23

"자유와 의심"

이런 생각이 들었다.

저, 저는 안 될까요?
제가… 7호 님 대신……

누가 2호를 비난할 것인가.

으디 여으자가
조신하지 못하게!

남녀칠세
부동석 으이!

……

힘으로 굴복시킨 강자보다
힘에 굴종한 약자를 비난하는 건
옳은 일이 아닌 쉬운 일.

따라와.

또 이런 기억이 떠올랐다.

깡패의 방향 잃은 난봉질은,
죽음의 위기를 느낀 생물은
번식 본능이 폭발한다는
어느 이론을 증명하는 일.

삐드드득ㅡ

그래. 둘 다.
두 사람 모두.

안돼....
안돼요....
안돼.....
안된다구요....

살아남으려는 것이다. 어떤 형태로든. 살아남으려고.
그게 생명의 사명이자 형벌이니까.

재밌…을까?

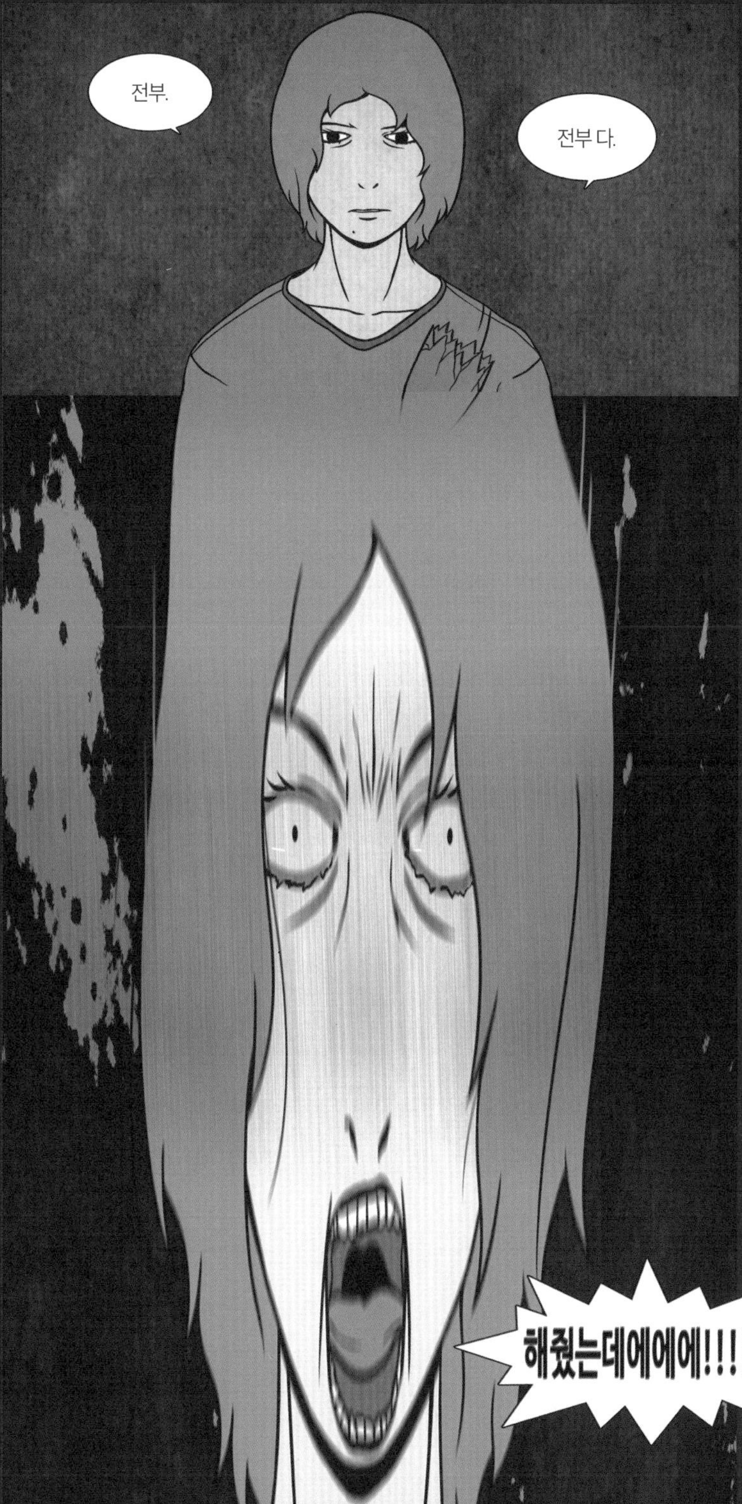
전부.
전부 다.
해줬는데에에에!!!!!

이렇게 될 것 같다. 하지만 깡패는
이렇게 될 줄 몰랐던 것 같다.

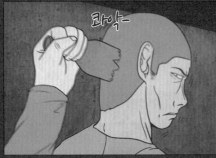

콰악-

3호를 믿어서? 아니. 그 반대.
강자는 남의 감정을 헤아릴 필요가 없으니.
강자의 생활이 오래되면 타인의
표정을 읽고 마음을 헤아리는
기본 소양이 탈락되니.

그 끝은. 최측근의 배신.

다 했는데! 해달라는 거!
다! 이 개변태X끼야!

이 쓰ㄴ이!

그리고 또,
이렇게 될 것 같았다.

콰

양-

3호의 - 분노는 인간을 움직이게 하는 가장 폭발적인 연료지만.
그 연료는 마비된 이성에서 잠시 빌려오는 것

그렇게 뒈지고
싶으면.

쾅-

뒈져! 뒈져!
뒈지라고오오오!!!

쾅-

무섭다. 벌벌벌벌.
온몸이 떨린다.

쾅-

쾅-

콰앙-

시X. 시X.
시X. 시이X.

3호는 죽는 건가?
아마. 아니면 혹시. 이미?

가드

3호 대신.
너 당첨.

어쩌면 나일 수도 있었다.

183

지금 깨져 나가는 저 머리가
내 머리일 수도 있었다.

살려줏;메.

어서 지나갔으면.
빨리 끝났으면.
이 끔찍한 시간이
어서 빨리 끝나…

쾅-

쾅앙-

쾅-

쾅-

응?

꾸오오어어!!!

3호의 배신과
4호의 광분은
예상했지만.

1호?

하나 예상하지 못한 건.

그, 그, 그러면 안 됐어!!

2호 님을…그, 그, 그러면 안 됐어!!!

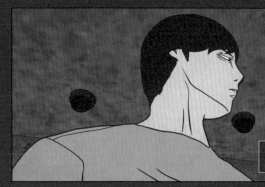

아아 시X 아름다워라.
분노보다 더 폭발적인 연료는.

사랑이었나.

끝났다.

묶어요! 빨리! 줄 좀!

흐오오이

길었던 압제의
나날들이.

끊어졌다.
뚝 하고
하늘에서 떨어진 선물인 양.

16시간의 형벌도,
8시간의 구속도,
2천 원의 제제도.
마침내. 끝. 드디어.

32,648,729,000

남은 미래는. 남은 60일은.
남은 잔고는. 오로지 장밋빛.

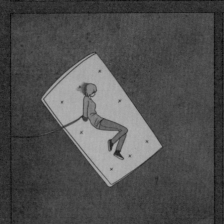

……이길 간절히
바란다.

독재자가 사라지자.
목소리가 돌아왔다.

괜찮을까요?
저렇게 묶어만 놔도.

저 사람들은 우리 눈앞에
세워두고 감시했잖아요.

혹시 방 안에서 밧줄을 풀기라도 하면.

안심하세요 제가 묶은 건 못
풀어요 부, 불안하면 케이블 타이 사서
2,3중으로 무, 묶을 거니까……

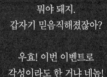

뭐야 돼지.
갑자기 믿음직해졌잖아?

우효! 이번 이벤트로
각성이라도 한 거냐 네놈!

저도 그건 괜찮을 것 같아요.
3,4호가 우릴 세워놓은 건

체력과 의지를
고갈시키려는 목적이
더 컸으니까.

그래도 조심해서 나쁠 건 없으니.
식사 제공이나 배변봉투 치울 땐
2인 1조로 들어가도록 하죠

식사? 저 새X들한테?

187

미침? 우리한테 그런
개짓거릴 했는데?

라고 하고 싶지만.

하긴 저들도
밥은 줬으니……

비록. 개밥이지만
(맛있었단 건 비밀.)

혹시, 반대하시는
분…… 있나요?

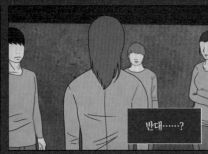

반대……?

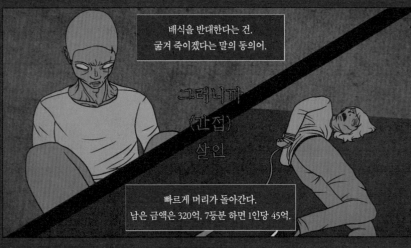

배식을 반대한다는 건.
굶겨 죽이겠다는 말의 동의어.

그러니까
(간접)
살인

빠르게 머리가 돌아간다.
남은 금액은 320억. 7등분 하면 1인당 45억.

저 둘이 사라지면.

N-1

N-1

인당 19억 추가.

저들의 목이 떨어져 나가면.
내게 떨어질 몫이 64억.

하지만 누가 감히
나설 수 있을 것인가.

······

네. 지금 있는 돈도
충분히 많아요.

조금 더 얻자고
평생의 짐을 지는 건
어리석다 생각해요.

맞는 말인 것도 같고
아닌 말인 것도 같지만.
확실한 건, 내가 나서서
혼자 뒤집어쓰긴 싫다.

하긴… 생각해보면.
4호 님, 아니, 4호는.

그래도 여자들 얼굴은
안 때렸어요.

뜬금없이 스톡홀름 신드롬
비슷한 걸 보이는 걸 봐서는
저들 역시 그걸 해낼 수
있을 것 같진 않다.

네. 이런 극단적인 환경이
아니었다면 그들도 보통의
사람들이었을지도 모르죠.

또다시. 맞는 말인 것도 같고,
아닌 말인 것도 같은.

한 생명의 생사를 또 다른
생명이 취급하는 건. 결코 아무나
해선 안 될 일이니까요.

저 여자가 지키려는 정의는 뭘까.
성녀 신드롬 같은 거라도 있는 걸까.
저것도 일종의…… 병일까.

자, 그, 그럼.

오늘은 이만 쉬고…
자세한 이야기는 내일
다시 하, 해, 하도록 해요

내 방으로 돌아오니.
비로소 실감이 난다.

빙글 빙글 빙글 빙글
빙글
빙글
빙글
빙글
빙글
빙글 빙글 빙글

쓰읍- 하-
쓰으읍- 하아아-

오늘부터는 방도, 광장도, 화장실도
내 마음대로 다닐 수 거닐 수 있으며.

개밥을 먹을 필요도.
2,000원 상한에 얽매일 필요도 없다.

자유……

자유. 이것이 자유. 누군가 그랬었지.
자유란 공기나 물과도 같아서.
빼앗겼을 때 비로소 그 소중함을 깨닫게 된다고.

긴장이 풀리자 멈춰 있던 소화기관이 활동을 재개한다.
그래. 오늘 밤은 사양 않고 호화스런 음식을.

그래. 오늘 하루만은.
잔액 걱정은 잠시 접어두……

……고 싶지만, 사실은 알고 있다.
모른 척 한다는 걸. 아직 해결되지 않은 불안 요소를.

응. 있지.
아직 한 명.

2호……

의 치료제. 한 정 2억 5천의.

우리 역할은 여기까지였군!
뒷일은 잘 부탁한다!

거,걱정 마세요
선배님들!

최선을 다해
개판이든 깽판이든
뭐든 치겠습니다!

아니. 설마.
그런 건 아닐 거라고 믿고 싶다.
내 억측이라고 믿고 싶다.

하지만 이렇게 순진해지기엔 이곳에서 너무 많은 걸 봐버렸다.

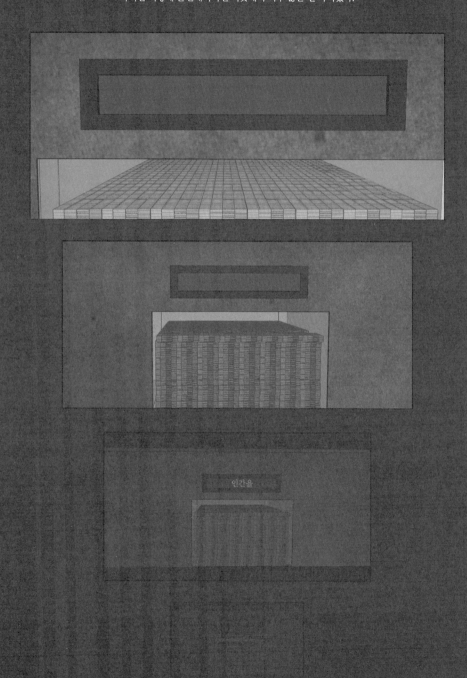

머니게임
MONEY GAME

#24

"만족하지 못한 사람은 계속 충성하니까"

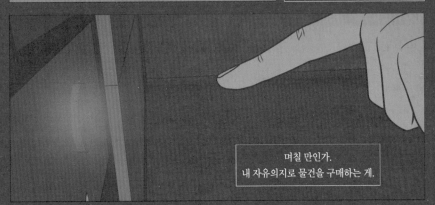

카르페 디엠!

감금된 깡패도, 2호의 약값도,
남은 날과 남은 돈도. 잠시만 잊자.
일단은 오늘을. 지금을. 즐기자.

며칠 만인가.
내 자유의지로 물건을 구매하는 게.

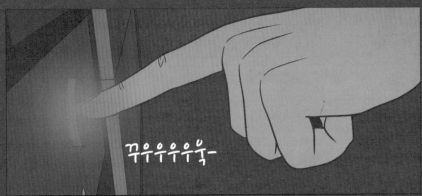

꾸우우우우욱-

페퍼로니 피자 라지.
콜라 1.5리터.
말보로 레드 한 갑.
종합 영양제. 그리고…
담요도 사겠습니다.

64,500,000

한 끼 정찬과
약간의 기호품의 가격.

6천 4백 5십만 원.

ㄴ/ㄲ

예전의 나라면 아마
깜짝 놀라 포기했겠지.
하지만 이제의 나는 아니다.

잘 먹고, 잘 쉬고, 잘 자야 한다.
체력을 기르고 정신력을 가다듬어야 한다.
일단 살아남는 걸 최우선해야 한다.

사겠습니다.

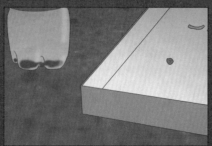

누군가 너 갑자기 왜 우냐고 묻는다면,
"응. 담배연기가 눈에 들어가서." 라고 거짓말할 테지만.
이 물은 부정할 수 없는 행복의 눈물.

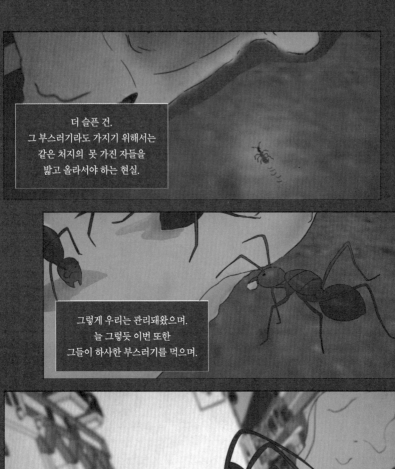

더 슬픈 건,
그 부스러기라도 가지기 위해서는
같은 처지의 못 가진 자들을
밟고 올라서야 하는 현실.

그렇게 우리는 관리돼왔으며,
늘 그렇듯 이번 또한
그들이 하사한 부스러기를 먹으며.

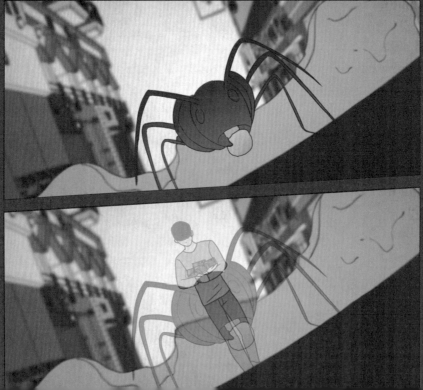

느껴선 안 될 행복을 느낀다.

음… 부스러기는
맞는데.

그래도 448억이나
쌌는데 너무한 거 아님?

뭐. 마지막에 얼마 남을지는
우리도 모르지만. ㅋ

게임 시작 41일 경과. 현재 잔액 32,266,079,000원
어제에 이어 계속되는 자치회의

다들 잘 먹고 푹 쉬어서 그런지
얼굴에 윤기가 돈다.

빼앗긴 스튜디오에도
봄은 왔는가.

아직 환절기 즈음이란 느낌이
불안하긴 하지만.

맞다. 서로 불신하고 증오하고 만들어
서로 때리고 찌르고 팍팍 쑤시게 만드는 게 저들의 제1목표니까.

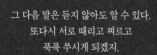

그 다음 말은 듣지 않아도 알 수 있다.
또다시 서로 때리고 찌르고
푹푹 쑤시게 되겠지.

넹?

네?

잉?

?

정보의 공유까지는 알겠지만.
소비의 공유는 뭐야.
중고품나라 공구 같은 건가?

좀 더 자세히
설명 드리자면.

7호가 낸 안건은 두 가지.
1. 공공재의 구입
2. 사전 소비 고지제

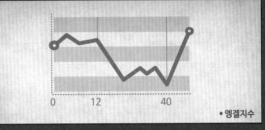

*엥겔지수

우리의 소비금액 중
가장 큰 부분을
차지하는 건 단연 식비.

개인이 각각 음식을 구매할 경우
단품 구매라 비싸기도 하고
절제의 보장도 없다.
여기에 영양 부실은 덤.

버너와 쌀을 사서
함께 먹을 밥을 짓는 겁니다.
10kg짜리 쌀이 3만 원대. 그걸로
7명이 5일은 배부르게
먹을 수 있어요

오 오 오 오 오 오 오 오－

두 번째는 사전 소비 고지제.

이 명화의 제목이 말해주듯.
사람은 밥과 찬만 먹고 살기는 힘들다.
절제만 강요하면 또 누군가
폭주할지 모른다

하지만 기호품 혹은
사치품의 경우 서로의
인정 가치가 달라
구매에 이견이 생기기 마련.

그러니 필요한 물품이
있으면, 사전 신고로 합의를
거친 후 구매하면 됩니다.

너무 비싸거나 무용한
물품만 아니면, 관용으로 허락
하는 걸 원칙으로 해서요

우와아아아아아아아아아-

이상적이다. 그녀 말대로 소비에
관한 정보가 전면 공유된다면.

이런 일도

이런 일도

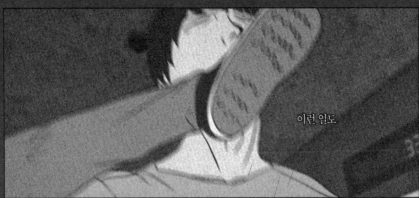
이런 일도

더 이상은 걱정하지 않아도 되는.
남은 60여 일 남은 잔액만 흐뭇하게
바라보며 여유롭게 휴양 느낌 만끽하면

welcome to the
PARADI STUDIO!

그야말로 천국! 지상 낙원!

지, 진짜 좋은 생각 같아요. 대, 대단해요. 7호 님.

하하. 아녜요 일단은 이상론일 뿐이고.

실제로는 어떻게 될지 봐야겠죠

어라. 잠깐. 뭔가……

……

공공 자산, 공공 소비, 천국, 지상 낙원, 이상향…… 뭔가 엄청 낯익은 단어 조합인데?

잠깐만. 이거……

그거잖아?

"진정한 혁명가를 이끄는 것은 위대한 사랑의 감정이다.

이런 자질이 없는 혁명가는 생각할 수 없다."

사회주의?

어쭙잖은 민주정을 지나

엄혹했던　　　　　독재정을 거쳐

마침내 유사 사회주의

여기까지는 다들
동의하시나요?

딱히 동의하지 않을 이유는 없다.
7호 플랜이 정상적으로 작동만 한다면
이상적인 엔딩에 도달할 수 있을 테니.

저......
그럼......

2호 님 야, 약값은 어떻게 해야 하나요?

그리고 왔다. 빙빙 돌아왔지만 결국 이 주제.

우걱-

와구-

돈먹는 하마…아니, 2호의 처우에 관한 매우 곤란한 주제.

원래 가격은.

38,000원
이었어요.

그래서 하루 일당이
56,000원으로
책정된 걸 봤을 때

약을 줄이면 되겠
구나 생각했어요.

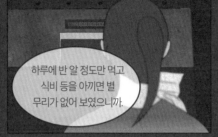

하루에 반 알 정도만 먹고
식비 등을 아끼면 별
무리가 없어 보였으니까.

하지만 아니었겠지.
이곳에선.

오X지오 사겠습니다.
다발성 경화증 치료제.

250,000,000

관용적인 시선으로 봐주자면
그녀 역시 주최 측에 당한 피해자.

우리 모두 같은 걸 당했으니
무턱대고 2호만 매도할 수는 없지만… 하지만.

죄송해요……
정말… 죄송해요……

1년에 천만 원이나
드는 약값을 감당할
방법이 없었어요.

그래서… 참가
결정을……

하지만 안타깝게도
주최 측에 피해자인 2호는
우리에겐 여전히 가해자.

32,266,079.0

……그럼 이제부터는
어떻게 하실 거에요?

2억 5천짜리 약을
계속 먹을 수는…

어…
어떻게……

어떻게 하면
될까요? 제가.

어떡하냐고? 모르겠다 나도.
2호에게 동정이 가지 않는 건 아니지만.
동정만으로 그 큰 금액을 허락할 수는 없다.

복지의 당위성에
대해서는 이견이
없지만.

그걸 본인 돈으로
하는 걸 좋아하는
사람은 없죠.

먹으라 하기엔 너무 큰 돈.
먹지 말라 하기엔 너무 큰 병.

있다고? 아이디어가? 2억 5천짜리 약값을…

해결할 방법이
있다구요?

네. 방법은
확실히 있어요.

다만, 이 방법을
적용하려면 한 가지
전제가 필요한데.

서로가 서로를
완전히 믿어야 합니다.

머니게임
MONEY GAME

#25

"이러면 안 되잖아?"

제 하루 일당이 5천 6백만 원이니까,
소비를 최대한 아끼면 다른 분들
몫을 쓰는 건 아니지 않을까요

나름 고민하고 양보한 건 인정.
하지만 문제의 본질에는 비껴갔다.

그래도 그 약값이 공동 상금에서
차감되는 건 변함없죠 2호 님
개인 돈에서 빠지는 게 아니……

응? 개인 돈?

아. 7호가 말한 사유재산이란 게
개인 돈이란 개념과 연결되는 건가?

알겠어요 그 정도면 제가
생각한 방법을 사용해봐도
괜찮은 것 같아요

7호의 설명은 이러했다.

3일에 반 알이면 6일에 한 알.
남은 날짜는 60여 일이니 총 10알. 즉 25억.

게임 종료 후
상금이 분배되면

2호는 본인 몫에서 25억을 제하여
나머지 참가자들에게 분배한다.

라는 설명. 을 듣고 나니
더더욱.

뭔 말인진 알겠는데……
겜 끝난 후 2호 님 맘이 바뀌지
않으리란 보장이 어딨어요

막말로 잠수라도
타면……

그 걱정은
안 하셔도 돼요.

2호 님 같은 전국에
몇 없는 희귀병 환자는 쉽게
찾아낼 수 있으니까요.

길어도 열흘이면
잡으니까요, 고객X발아.

그럼 해외로 나가면요?
그땐 어떻게 할 건데요.

······그럴 이유는 없어요.
해외로 가면 또다시
비보험자가 되니까.

그래도 믿음이
안 가신다면.

그것보단 제 상금 나눠
드리고 남은 돈으로 한국에서
사는 게 저한테도 유리해요.

제가 보증을 서겠습니다.
우려하시는 그런 일 발생하면,
제가 다 보상할게요.

네···
그럼 뭐···

7호······ 저 사람은
왜 저렇게까지 하는 거지?

물론 갈등과 다툼의 여지를 제거하는 게 게임을 무사히 마치기 위한
최선의 전략이긴 하지만. 정말로 단지 그것뿐일까?

32,266,079,000

그래도

25억이면 남은 잔액에 비하면 크지 않은
돈인 것도 사실. 찝찝한 마음이 영 없는 건 아니지만,
서로 의심하고 싸우고 X랄나는 것보다는 나으니까.

최선을 택할 수 없다면
그래 차악이라도.

보글구글-

주   시

보글보글-

누가 언제 얼마를 어떻게 왜 쓰는지 모든 걸 예측 가능하게 되니
긴장과 공포가 사라졌고

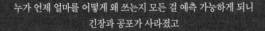

완전 공유 아이디어를 내고 심지어 이를 성공적으로 정착시킨
7호를 향한 사람들의 신뢰 또한 나날이 공고해진다.

게임 시작 45일.
잔액 317억.

그간 많은 일이 있었지만.
이젠 아무 일도 없다.
그저 하루하루가 축제.
매일매일이 선물.

요즘 좀 어떠세요?
불편한 건 없으세요?

더할 나위 없습니다.
7호 님 덕분에.

아. 7호님

······진작 이랬으면
어땠을까 싶어요

225

의심과 미움과 분노가
우릴 덮치기 전에, 진작
이렇게 했었다면……

교훈이겠지. 많은 돈과 피를 지불하고 이뤄낸. 처음부터 모두의 마음이 하나였다면.
이 유토피아가 좀 더 빨리 다가왔겠지만.

인간이 그렇게 현명한 동물이었다면
전쟁, 기아, 착취 같은 사회적 역병은

애초에 존재하지도 않았겠지.

4

1호 님은 여기 계세요.
금방 들어갔다 나올게요

철컥─

식사요……

어떤 의미로는 대단한 사람이다.
이 정도 시간이 지났으면
입에 발린 말이라도.

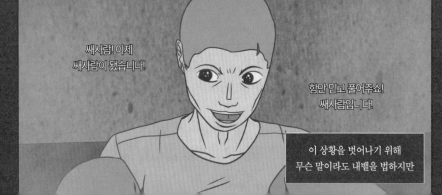

쌔사람! 이제
쌔사람이 됐습니다!

함만 믿고 풀어주쇼!
쌔사람입니다!

이 상황을 벗어나기 위해
무슨 말이라도 내뱉을 법하지만

그는 오늘도 맹수처럼
고고히 홀로 조용히.

좀 먹어요 반찬
신경 써서 담았어요.

나도 모르게 튀어나온
모종의 아첨 멘트.

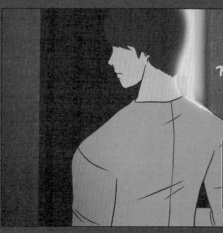

끼이이이이이~

뭘까 이 감정은.
굳건한 자태에 대한 나름의 리스펙트인지.
힘을 가진 자에 대한 본능적 공포인지.

그에 비해
3호는.

한마디로 표현하자면.
맛이 갔다.

바압……

그런 일을 당하고도 죽지 않은 게
신기할 정도긴 하지만.

목숨을 유지한 대신
정줄을 놓았다.

바아아아아압!

한때 미워…… 아니, 증오했던 사람이지만.
이 정도로 망가진 모습을 보는 건 역시 맘이 불편하다.
태연히 보고 있기는 힘든 광경이다.

돈.

내.... 돈......

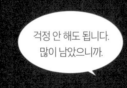

정신은 놓았지만
욕망과 집착은 여전히 생생하다.
가면을 쓰지 않은 인간의 맨바닥.
나 역시도 가지고 있을.

걱정 안 해도 됩니다.
많이 남았으니까.

많이…… 남아?

LOOMING PC

뭔 초딩
숙제도 아니고.

타닥타닥타닥탁-

레포트를
독후감으로 내냐……

타닥타닥-　　　　타다다닥탁-

[유토피아]

토머스 모어가 쓴 '유토피아'는 동명의 섬에
세워진 한 이상적인 국가의 문화와 체제를
기행문 형식을 빌려 표현한 소설입니다.

유토피아에는 계급도 사유재산도 없으며 남
녀노소를 떠나 모두 생산에 종사함에 국민
간 갈등이 없으며　또한 큰 부를 쌓은 나라
지만 보석이나 귀금속은

노예 혹은 죄수나
착용하는 것으로서…

타닥탁-

…말이 돼, 이게?ㅋ
옛날에 유행하던
양판소 같은 건가?

232

이후로도 우리는 한마음 한뜻으로 똘똘 뭉쳐 남은 상금을 잘 지켜냈고.

수고하셨습니다!

잘 들어가세요!

모두 초부자가 돼서 사회에 나가
떵떵거리며 살았다.

…라는 해피엔딩까지
쭉 달리면 좋겠지만.

들어올 땐
남의 차였지만.

이젠 내 차란다.

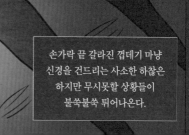

찌릿-

손가락 끝 갈라진 껍데기 마냥
신경을 건드리는 사소한 하찮은
하지만 무시못할 상황들이
불쑥불쑥 튀어나온다.

1호 님. 그… 가격이
생각보다 비싸서…

아, 다른 분들은
어떻게 생각하시나요?

긁적~

딴청~

······

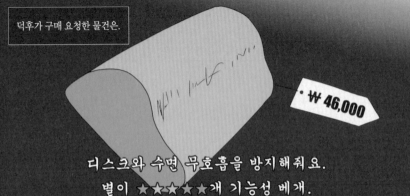

덕후가 구매 요청한 물건은.

· ₩ 46,000

디스크와 수면 무호흡을 방지해줘요.
별이 ★★★★개 기능성 베개.

덜컥 사라고
하기엔 가격이

조금 비, 비싼 건 맞지만
제가 디스크도 있고 요즘
잠도 서, 설쳐서……

아, 네. 필요하신 물건인 건
알겠어요 하지만 모두가
동의해야 한다는 룰이……

치익-
치익-

뭐야. 애야? 베개 좀 못 사게 한다고
저렇게 부들거릴 것까지는……

내가……
하, 한 거잖아요.

내, 내가.
다 구해줬는데.

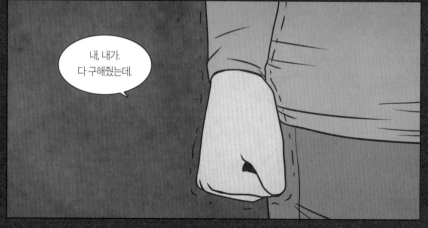

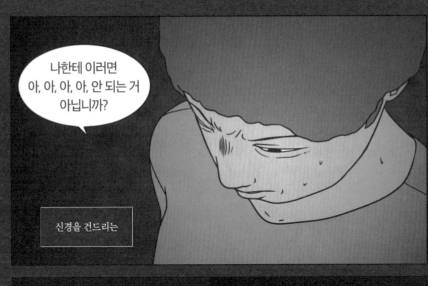

나한테 이러면
아, 아, 아, 아, 안 되는 거
아닙니까?

신경을 건드리는

사소한 하찮은 하지만 무시 못할.

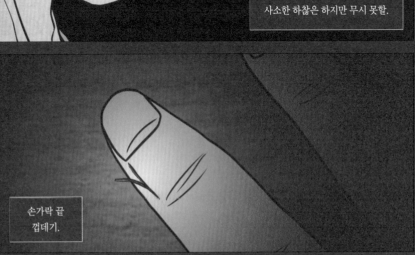

손가락 끝
껍데기.

머니게임
MONEY GAME

#26

"1호의 사정"

쪽팔려ㅋㅋ

원래사진잘안보여주는데

예쁘시네요 진짜.

정말?고마워!!오빠사진도보여줘

아…… 저는 사진 찍는거
안좋아해서.

뭐래나는보여줬는데
보여줘요빨리

죄송합니다.

빨리

보시면 실망하실것 같아서.

빨리

죄송합니다 진짜.

그럼톡나감ㅅㄱ

잠시만요…

와오빠완전내스탈

곰돌이같은남자오나전스릉흡니닷!

정말요?

감사합니다.

오빠나급땡기는데

영통하실?

여, 영통이······

뭐지?

제가 아, 아,
아니었으면.

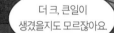

더 크, 큰일이
생겼을지도 모르잖아요.

전 그럴 자격이 있다 생각합니다. 그, 그게 공평한 거 아니에요?

'공평함'이란 말의 뜻과는 달리 모두에게 공평하게 적용되지는 않는다.

a. 함께 수확한 과일이니 똑같이 나누는 게 공평하다고 생각해.

b. 더 많이 수확한 사람이 더 많이 가지는 게 공평하다고 생각해.

c. 더 많이 수확한 사람은 다른 사람의 몫까지 땄거나 덜 나눠 주는 게 공평하다고 생각해.

d. 덜 수확한 사람은 더 많이 수확한 사람이 아니더라도 애초에 덜 땄을 새X 아님?

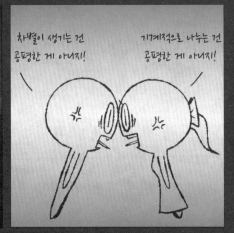

차별이 생기는 건 공평한 게 아니지!

기계적으로 나누는 건 공평한 게 아니지!

공평함의 정의는 입장마다 다를 수밖에 없으니.

말해보세요 제 말이 트, 틀리나요?

......

......

그 자격론에 대해 누군가는
반박을 할 수도 있었겠지만.

듣고 보니 그렇네요
그럼 다시 한번 다른 분들
의견 여쭤볼게요.

지금은 화합과 안정이 우선이니
대승적 판단으로 허락하기로 결정.

우걱우걱이-

...의 부작용은.

흐으으음...

?

안 드세요?
밥 맛있게 잘됐는데.

1호는 당당해졌다.

오늘은 치킨을
먹겠습니다.

그럴 때가
되, 됐습니다.

아니 사실은,
뻔뻔해졌다.

2호 님 것도 남겨놓을 테니
내일 가, 같이 먹어요.

아, 네…
고맙습니다.

하하

호랑이가 사라진 숲엔
여우가 왕이랬던가. 아니지,
이 경우엔 여우가 아니라…

치킨 말고 먹고 싶은 거
있으심 말만 하쎄여!

아님 뭐 다른
필요하신 거라도?

1절만 좀 제발 좀.

1호의 나댐은 물론 꼴보기 싫지만,
체제나 잔액에는 별 위협이 되지 않았기에 어느 정도 눈감아줄 수 있었다.

무슨 이유일까. 빠르게 방 안을 스캔한다.
이유는 모르겠지만 잃었던 내 신용이 아직 회복되지 않았단 사인이란 건 알 수 있다.

3호 건이라면……
머리를 가격당한 육체적 충격 때문인지 4호에게 배신당한 정신적 충격 때문인지 물론 둘 다 겠지만.
그 후 3호의 상태는 점점 나빠져 이젠 기본적 의사소통마저 불가한 지경.
어떻게 하는 게 좋다고 생각하세요? 8호 님은?
정줄을 놓아버린 3호를 계속 이대로 둘지 낮 동안이라도 풀어줄지에 대한 의견 수렴.
아 저는… 뭐… 그게……
근데. 왜 하필 내가 마지막이지? 내 의견에 따라 3호 처우가 결정되는 거잖아.

풀어주자 의견 냈다가 혹시라도.

묶어주자 의견 냈다가 혹시라도.

247

철컥-

솔직히 말하자면
굳이 왜 풀어주려고 하지?
라는 생각이 든다.

3호를 풀어줘서 우리···
내가 얻을 이득이
하나라도 있나? 없잖아.

어.

입 안에
고기가 있네.

물론.

우득-

와작-

와작-

와작-

혼자 미친 짓을 하다

아아……

신선한 고기!

잘못 될 수 있단 걸 모르는 건 아니지만.
그게 내…… 우리 책임은 아니잖아.

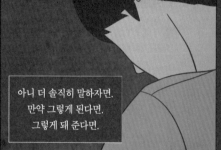

아니 더 솔직히 말하자면.
만약 그렇게 된다면.
그렇게 돼 준다면.

그거야말로
정의구현 아닌가?

하지만 3호 처우에 관한 건은 내 의견이나 픽과는 상관없이

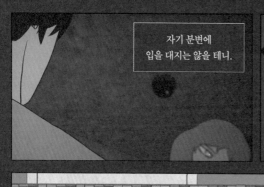

자기 분변에
입을 대지는 않을 테니.

잠깐의 소동이 있었지만
3호는 낮 동안의 자유를 얻었고
스튜디오는 곧 평정을 되찾았다.

돈… 내 돈…
이야… 내…

게임 시작 49일째.
남은 잔액은

31,527,809,000

돈 터치
마이 돈. 부자.

그래 미친 자야.
우린 거의 부자다.

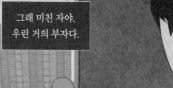

315억……

이대로만 간다면
거의 부자에서 틀림없는
부자가 될 것이다.

31,527,809,000

변수라도 말이다.

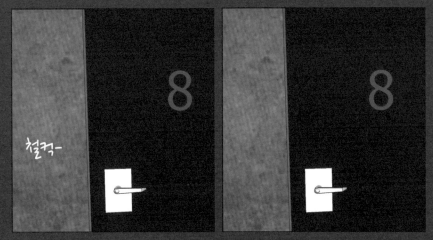

철컥-

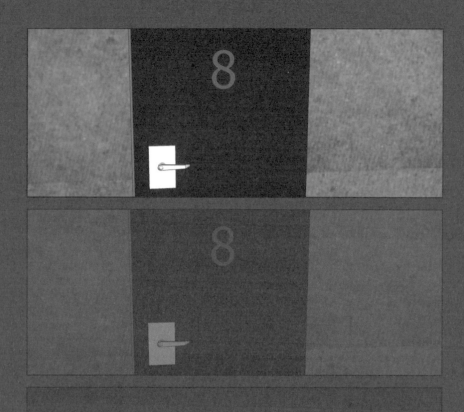

삐릭—

28,375,029,000

요즘 왜 연락이 없어요? 바빠?

오빠가 이런 말 하기는 싫은데.

자꾸 독촉이 와서

이번달 안에 갚아줄수 있죠?

더 늦으면 집으로 찾아오겠대.

오빠어떡해

나죽고싶어죽을거야

왜 그래요 갑자기?
그런 나쁜 말 하지 마.

수술이잘못돼서재수술해야된대

또?

전에도 재수술 한대서 돈 줬잖아요

오빠나좀살려줘

이번이마지막이야 한번만더구해줘돈

그런데

제발꼭갚을게 2천만 원만제발오빠

오빠 더이상 대출이안된대 어떡해.

그래도 걱정마 내가 곁에 있잖아
너의 곰돌이가 돼서 지켜줄게요

곰돌이?

지랄을 해라 병신아 ㅋㅋㅋㅋㅋ

255

???

왜 그래요 갑자기?

[차단된 대화상대에겐 메세지를 보내실수 없습니다.]

오빠가 뭐

[차단된 대화상대에겐 메세지를 보내실수 없습니다.]

잘못했나요?

[차단된 대화상대에겐 메세지를 보내실수 없습니다.]

무, 무섭게
왜 그래요……

이번에도 못 갚으면 진짜
크, 크, 큰일난단 말야.

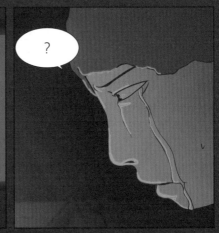

자, 장난 그만해요······

무담보대출

AR

블로그 카페 지식iN 동영상 웹사이트 뉴스

간∨ 영역∨ 옵션유지

무담보서··· 다이렉트무담보···
무담보신용대출 주택무담보대출···

응? 제발 좀. 이번에 안 갚으면 나 지,지,지

진짜 큰일······

이······

WE INVITE YOU

?

257

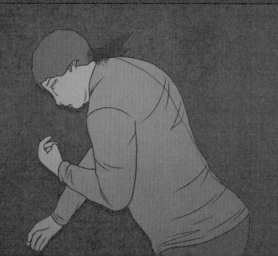

머니게임
MONEY GAME

#27

"제1용의자"

짹—

짹짹—

짹짹짹—

짹짹짹짹애액—

짹짹짹짹짹—

으응…
눈부셔……

짹짹이!

짹쓰!

새 아침이 밝았다.

새 아침이 밝았군.

상쾌한 바람과 따스한 햇살이
부드럽게 몸을 감싸 안는다.

…는 물론 거짓말.
바람도 햇빛도 여기엔 없…

지만 이것이 지금의 내 심상.
상쾌한 따스한 그리고 부유한.

으아아아아압~~~
잘잤답!!!

총 게임 기간 100일 중.
마침내 50일.

꿀꺽꿀꺽꿀꺽꿀꺽-

반환점에 도달하기까지
좀 많은 사건사고가 있었지만

투장-

오늘부터는 정보도
소비도 올오픈 입니다!

예측 가능한 소비와
통제 가능한 변수는
어떤 불안도 불신도
끼어들 틈이 없게 해주었다.

헛둘-
헛둘-

흐어어어어업-

그러니 더이상 급할 것도 안달할 것도 없다.
적당히 빈둥거리다 느긋이
하루 일과를 시작하면 그만.

자아 그럼 오늘도

싱글벙글
상금 감상 타임…

이쯤 되면 오히려
저들에게 감사하는 게 도리일 지경.

우리를 만만하게 봐주신
귀 주최 측 분들에게

철컹-

끼이이이익.

이 모든 영광을.

263

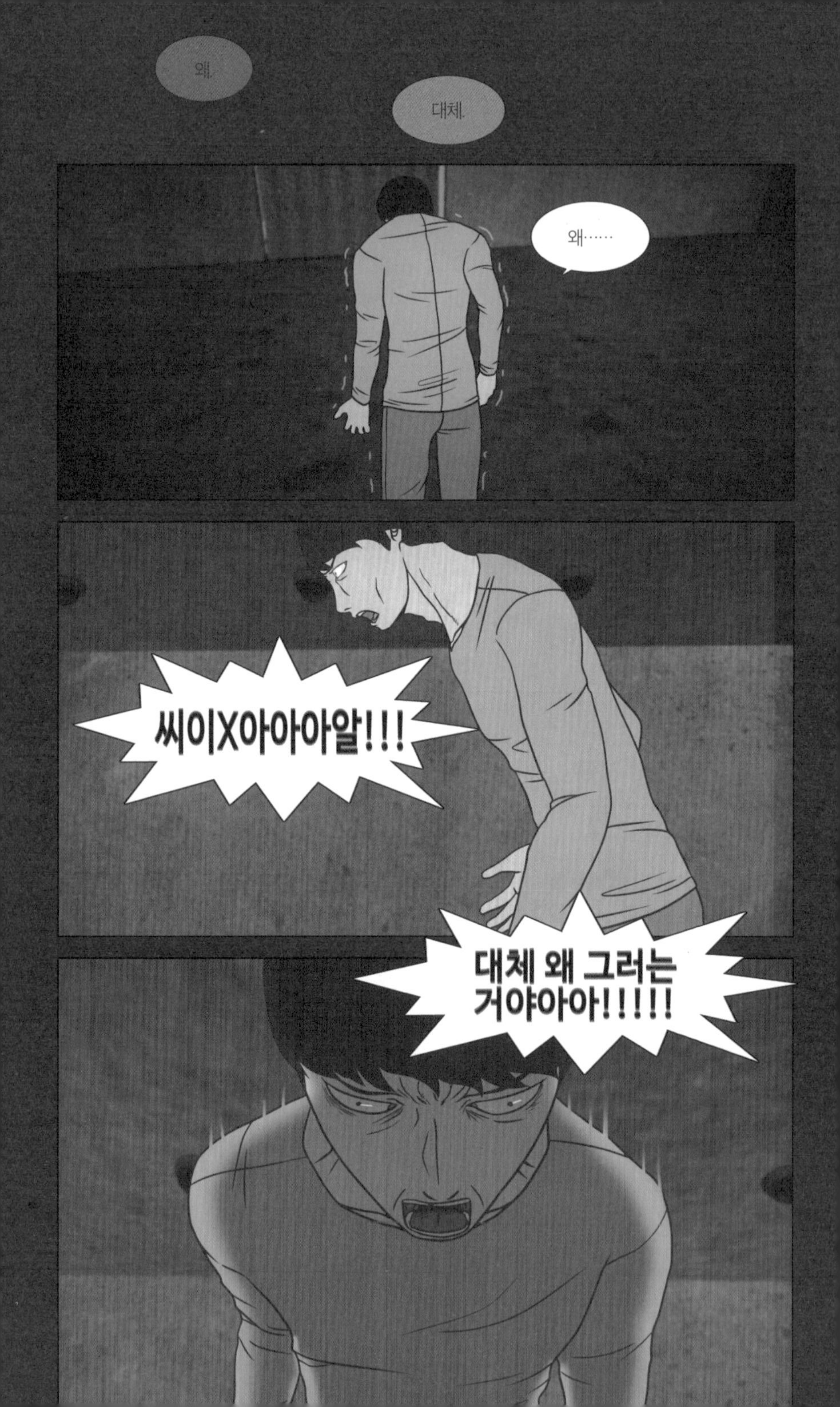
왜.
대체.
왜……
씨이X아아아알!!!
대체 왜 그러는
거야아아!!!!!

왜.....

대체 왜......

28,375,029,000

신용 가능한 정보. 예측 가능한 소비. 완전한 소통. 완벽한 화합.
그딴 것들은 순진한 환상일 뿐이라고 조롱하듯

또다시 30억이 사라졌다.

이게…
대체 어떻게 된……

떨림이 멈추지 않는다.

28,375,029,000

실망. 슬픔. 분노. 역겨움. 그리고 배신감.
형언 가능한 모든 부정적인 감정들이
온몸을 휘감아 흔든다.

그리고 알 것 같다. 누군지.
30억을 쓴 새X가.

2…5…7……

28,375,029,000

한 새X가 안보인다.
1호. 그 돼지 새X가.

뿌드득─

이 미친 개돼지
같은 X끼가……

보자 보자 하니까
주제를 모르고
뇌절하고 지X을…

데자뷰.

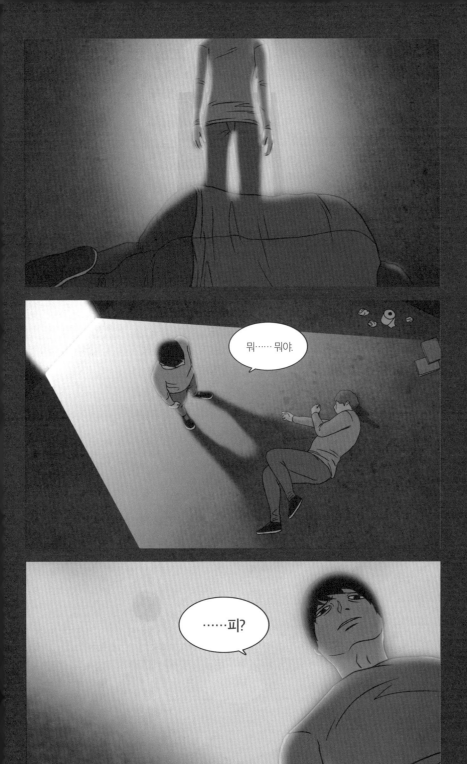

죽었다.
1호가.

날카로운 무언가가
목과 두개골 사이를 비집고 들어갔다.

두 번째 사망자지만
첫 번째 사망자와 확연히 다른 점은

이건 자살이 아닌 타살.
즉 살인.

누……

누가
이런 짓을…

덕후의 마지막 행적을
더듬어본다.
최후 목격 시점은
어제 저녁.

더 안 드세요
5호 님? 저 카레는
자, 자신 있는데.

……괜찮습니다.
배가 불러서.

그, 그래여?

그럼 남은 거 제가
다, 다, 다 먹어도 되죠?

그게 마지막 모습.
"남은 거 다다다다다 먹어도 되죠?"
그게 마지막 유언.

끊임없는 갈등과 다툼. 심지어 폭력도 있었지만
그래도 우리 중 누구도, 감히 남의 목숨을 빼앗을
생각은 하지 않았다. 그런 사람들이라 생각했다.

흐읔─

으흐흐흑─

그게 최후의 안전장치라고 생각했다.
적어도 주최 측에서 살인자를
섭외하지는 않았다는.

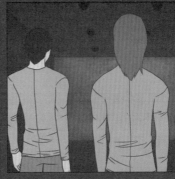

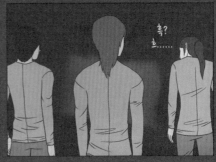

사라진 돈이 단서일 거라 생각해서 다 함께 (서로를 경계하며) 방을 뒤졌지만

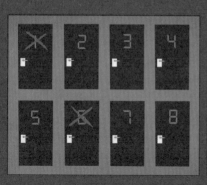

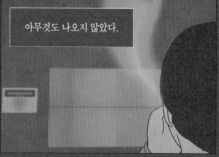

아무것도 나오지 않았다.

이상하다. 무려 30억인데.
돈이 증발이라도 했단 말인가.

……

혹시……

혹시로 시작되는 가설이 하나 생겼다.
혹시 게임이 너무 루즈해져서.

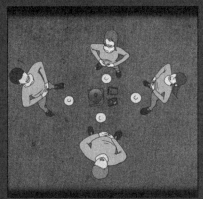

누......
누구세요?

주최 측에서
이 모든걸 꾸몄다면?

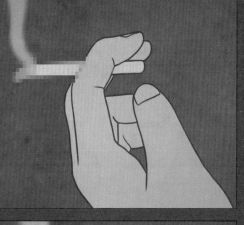

하지만
아직은 설익은 가설일 뿐.

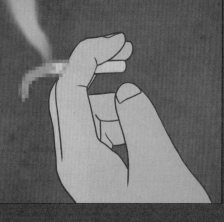

어떤 루트로든 우리가 그들의 조작을
눈치채 게임을 포기한다면
이 게임은 더더욱 루즈해질 테니까.

주최 측의 소행이란 가설을 배제한다면.
범인은 당연히 나머지 참가자들 중 하나.

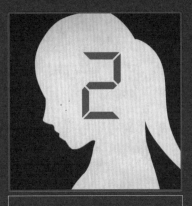

1호가 눈치없이 들이대긴 했지만.
그가 베푼 혜택을 가장 많이 받았으며
앞으로도 받았을 테니 죽일 이유가 없다.

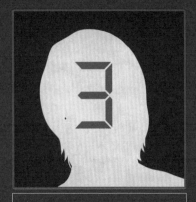

미쳤단 변수가 있지만, 낮 동안은 사람들
시야 안에 있었다. 그리고 어젯밤
방에 들여놓고 직접 묶은 건 나.

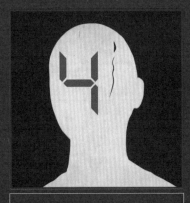

아니. 깡패는 방에 감금된 이후
한 번도 풀려난 적 없다.

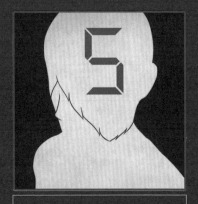

의중을 알수 없는 인간이라 의심스럽긴
하지만 잔액도 갈등도 잘 관리되는
상황에서 갑자기 본색을?

사실은 사이코패스? 라는
억지 추리만 아니라면,
그간의 행보로 봐서는
가장 용의자에서 멀다.

모두 딱히 의심스런 부분은 없다.
하지만 이 말을 반대로 하자면

모두가 의심스럽다는 말과도 같다.

몰라? 모르면
죽어야지.

그래. 원한이나 분노, 치정이 아니더라도
이 스튜디오 안에서 살인의 동기는
매우 뚜렷하니까.

28,375,029,000 / 7 = 40억
28,375,029,000 / 6 = 47억

8호 님이 그들 편인 줄 알았어요.

약값 10억, 8호 님이 산 거 아녜요?

충분히 수상해 보인다.
아니 거의 확실히. 제1용의자 급이다.

꿀꺽-

그럼.
내가 만약 그들이라면

제1용의자를
어떻게 처리할지는

뻔하지 않은가?

머니게임
MONEY GAME

#28

"절대 걸리지 않을 그곳"

어쩌면
거짓.

호호

호하

하하

거짓된 호의 거짓된 미소
거짓된 평화.

난
속은 건가?
쭉
속고 있었던 건가?

호

화

하

가면 위에 프린팅된
저들의 가짜 웃음에
기만당한 건가?

더이상 생사의 변수가 없어지니
원치 않던 평화가 찾아오니

다음은 너야

참가자를 제거하고 상금을 독식한다는
그 계획을 마침내 실행에 옮기는 건가?

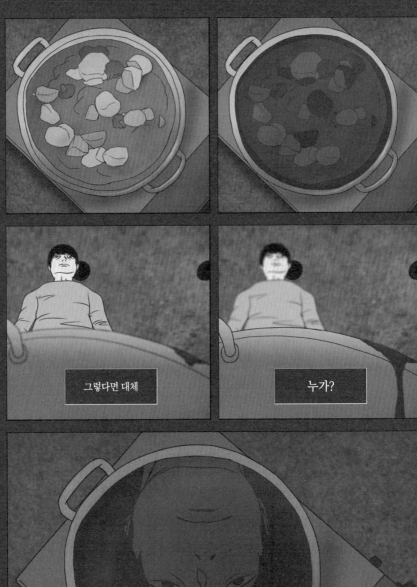

그렇다면 대체

누가?

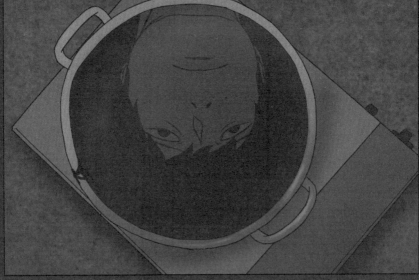

의심받고 있을 것이다.

달그락-

달그락-

나 역시. 살인 용의자 중 한 명으로.
아니 거의 제1용의자급으로
의심받고 있을 것이다.

달그락-

달그락-

아이러니하게도.

휘적휘적-

4호 깡패를 저지하기 위해
고안해낸 무기였지만 4호가
저지된 후 절실해졌다.

주르륵-

쫄쫄쫄쫄-

4호는 분명
미친 새X긴 했지만

적어도 살인마는 아니었다.
1호를 죽인 그 '누군가'처럼.

이거라면…
아마……

한 명이 죽고
30억이 사라졌지만

스윽

누가 죽였는지 1도 감이 잡히지 않고.
사라진 30억과의 연관성도 전혀 유추가 안 된다.
서로가 서로를 의심할 수밖에 없는 최악의 상황.

분명, 틀림없이
그 '누군가' 심어놓은 이 의심의 씨앗은

싸움의 싹을 틔우고
불화의 꽃을 피워내
종국에는 살육의
과육을 맺을 것이다.

아예 막아버릴까?
아무도 들어오지도
또 나가지도 못하게.

남은 50일, 이 방 안에만 처박혀 생활한다면,
그럼 적어도, 안전은 확보할 수 있지 않을까?

하지만 이 자체 감금의 문제는. 쓰레기와 용변 처리를 할 수 없어
환경도 위생도 엉망이 된다는 것.

살아남았어⋯⋯

살아남았다고
나는⋯⋯

마침내⋯
드디어⋯⋯

견뎌냈어⋯
100일을⋯⋯

내 거야⋯
이제⋯ 상금⋯⋯

내 거라고⋯
상금은⋯ 내⋯

129,000

내⋯⋯?

129,000

그래. 절대 배제할 수 없다.
이딴 개 같은 상황을.
그리고 또 한 가지.

knock
knock

8호 님.
8호 님??

안 된다. 나도 모르게 깜빡 졸았다.
끊임없이 대가릴 굴리느라 피로해졌나 보다.
안 된다. 하룻동안 먹을 물과 음식을 구매해 놔야 한다.

이제 다시는.

그런 유토피아는
오지 않을 테니.

애초에 유토피아란
'존재하지 않는' 이란
뜻이었으니.

김밥 둘.
2리터 생수 하나요

6,000,000

새삼 화가 난다.
증발한 그 30억이면.

한달 내내 호사스럽게 위에 기름칠 하며
잘 처먹을 수 있었을 텐데.

대체 누가. 왜.
어째서 30억이
감쪽같이 사라지……

사라……
졌다고?

30억. 그러니까, 300만 원이면, 음식을 사도 물건을 사도 꽤 부피가 있을 텐데.
그게 이렇게 마술처럼 사라질…

끼이이이이이잉-

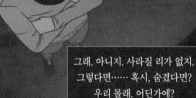

그래. 아니지. 사라질 리가 없지.
그렇다면…… 혹시, 숨겼다면?
우리 몰래. 어딘가에?

구입해 빼돌린 건가?
부피 작은 보석이나 귀금속 같은 걸?
아니면, 쌩 현금 300만 원을?

개 멍청한 새X들 때문에
돈이 남아나질 않네…

어쩌지. 이대로 가면
먼지 풀파밍 확정인데…

아! 그럼
되겠네!

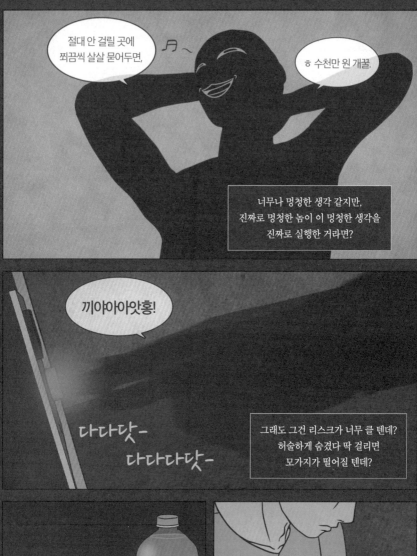

……

잠깐. 혹시…… 있는 게 아닐까?
절대 안 걸릴 곳이.

설마……

그래. 어쩌면 있을지도 모른다.
방 주인 외에는 절대로 안을
볼 수 없는. 최적의 은닉 장소가.

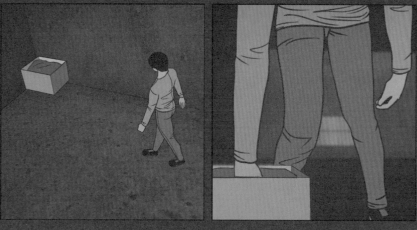

자정에서 8시까지, 문이 잠긴 후 물건 구매 시에만 열리는 곳.
그러니 방 주인 외엔 절대로 안을 들여다 볼 수 없는 곳.

배송구

이게 내일도
그대로 있다면……

만약 외부에서 넣은 물건이
수거되지 않고 그대로 보존된다면.
그렇다면. 그거야 말로. 거기야말로.

철통 보안의 개인 금고.

타인에겐 절대로 노출되지 않는 절대은폐의 보관처가 된다.

머니게임
MONEY GAME

#29

"확증편향 vs 현실부정"

배송된 물건을 수령하지 않으면 5분 후 강제 반송이니까.

구입/반송을 반복하면 환풍구를 확보할 수 있는 거고

물론 그 계획은 실패했었다.

그럼 방 안에서 불을 피울 수……

없넹.

게다가 (당연히) (맛도 못 봤는데) 껌도 회수됐다.

내 달달이……

콜록—

하지만, '구매한' 물건이 아니라 외부에서 '투입한' 물건이라면 어떨까?

확신한다.
분명 되돌아 올 것이다.

끼이이이잉~

철컹~

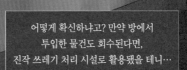

껌 한 통
사겠습니다. 싼 껌.

어떻게 확신하냐고? 만약 방에서
투입한 물건도 회수된다면,
진작 쓰레기 처리 시설로 활용됐을 테니…

흠. 역시 되돌아
오는구나……

나 이전에 누군가는
이를 실험해봤을 테고,

그렇다면……

이 안에다 뭐 짱
박으면 되겠네?!

이딴 결론에 도달해

31,527,809,000
(-) 대략 300만원치 구매 후 은닉
= 28,375,029,000

이딴 짓거릴 했을 공산이 크다.

따링-

꿀꺽-

기이이이이이잉-

역시…

있다.
면도기가 되돌아왔다.
그리고 이로써, 확실해졌다.

누군가 프라이빗 룸 안의 배송구를
프라이빗 금고처럼 사용해
돈을 빼돌리고 있다는 게.

님 이거 함
해보실?

뭔데 이게.

사이코패스 테스트. 두 명 중 누가
웃고 있고 누가 울고 있는지 맞춰봐.

사패들은 이거 구별 못 한다네.

1호가 사망...... 아니, 살해당한 후.
참가자들은 그림자에 놀란 소라게 마냥 각자의 방 안으로 숨어들었다.

누가 살인자인지 알 수 없는
상황에서 스튜디오를
활보하는 건, 죽여달라
유혹하는 것과 다를 바 없으니.

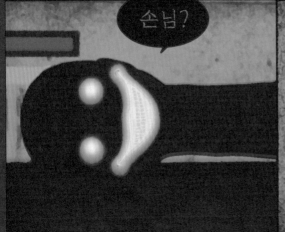

하지만 며칠 후

누군가 광장에 나타났다.

보여줘……
돈……

돈……

내 돈……

네, 가요 같이.
보러 가요.

납득이 안 간다.
이 상황에서?

그리고 납득이 간다.
저 사람이라면.

7호는 감금돼 있는
3호와 4호를 버려두지
않았다. 강아지를 돌보듯
3호를 산책시키고,

굳♥돈

강아지를 먹이듯
4호의 끼니를 챙긴다.

4호 님?

식사 가져 왔어요.
문 열게요.

저 여자……

착한 건지 정신이
나간 건지……

저런 성향의 사람인 건
예전부터 알고 있었지만,
무섭지도 않은가? 언제
어디서 살인마가
덮칠지 모르는데?

네? 무섭지
않나구요?

내가 나를 왜
무서워 해야 돼?

물론 이 가능성도 배제할 수 없다.
하지만 7호가 범인이라면,
오히려 괜찮다.

유사시엔 힘으로 제압할 수도 있고.
더하여 몸을 지킬 무기도 있으니.

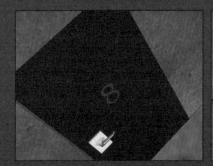

일단 접근해 본다. 여차하면
힘을 합칠 수도 있고.
또 여차하면

끼이이이~

7호 님. 잠깐
얘기 좀 나눠요.

그 반대의 경우가 된다 해도
나쁠 건 없다.

308

거기서 말씀하세요
더 가까이 오지 말고

죄송해요. 하지만
이해하시죠?

아. 네. 걱정 마세요.
여기서 말할 테니.

저 대사.
들은 적 있다.

뭐야 갑자기? 이쪽
오지 말고 거기서 말해.

그때의 3호처럼, 7호도 날
경계하고 있다. 그리고.

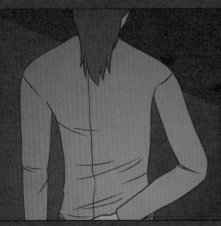

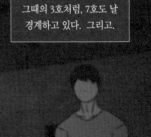

저 손 뒤로 무기도 숨기고 있겠지.

그… 다른 게
아니라……

제가 이 스튜디오 안에서
유일하게 믿는 사람이거든요
7호 님이.

7호의 경계와 무장은 오히려 좋은 신호.
만약 그녀가 살인자라면, 날 방심시키기 위해
더 친근하게 굴었겠지.

그래야 뒤를
칠 수 있을 테니.

7호에게 그간의 추리를 말했다. 누군가 배송구를 이용해
고가의 물건이나 현금을 빼돌리고 있을 것 같다는.

그 미지의 X가 돈을 다 써버리기 전에,
혹은 미지의 X 또는 Y가 우릴 해치기 전에,
범인을 색출해야 한다 강변했다.

여기까지입니다.
그리고 더 진행하기 전에
먼저 확인할 게 있는데.

311

그렇죠? 역시……

넹?

뭐야 저 대답은?
사람 당황스럽게.

네, 왜요? 제가
뭐 잘못한 거라도…

아 설마. 그건가. 쿠테타 때
사라진 약값 10억이 내 짓이라고
아직도 의심하고 있는 건가?

그때 그 약값 때문에
그러세요?

말씀 드렸잖아요. 제가
그걸 뭣하러 사겠어요?

아니요. 그게 아니…
아니. 그것뿐 아니라.

그것뿐 아니라고? 그럼 그거 포함,
뭐가 더 있단 말인가?

8호 님은, 확증편향이란
말 들어보셨나요?

자신의 선입견을 뒷받침해주는 정보만 취사선택하고, 나머지는 외면하거나 버리는 경향을 뜻하는데,

쉽게 말해, 보고 싶은 것만 보고 듣고 싶은 것만 듣는 현상이나 심리를 말해요.

방에 불을 피운 것도.

환 사재기를 종용한 것도

그리고 지금 말하신 투입구 이야기도 마찬가지.

8호 님은 늘, 결론을 먼저 내려두고 그 결론에 이야기를 짜맞추려 해요.

갑자기 왜 저래? 뜬금없는+장황한 인신공격에 화가 난다.

보통은 그 반대로 진행 돼야 하는 거 아닌가요?

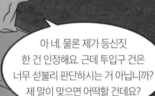

아 네. 물론 제가 등신짓 한 건 인정해요 근데 투입구 건은 너무 섣불리 판단하시는 거 아닙니까? 제 말이 맞으면 어떡할 건데요?

······

맞고 틀리고를 말하는 게 아녜요. 이번 역시 8호 님은, 투입구를 이용해 돈을 빼돌린다는 걸 기정사실화 한 채 말하고 있잖아요.

와 몰랐다. 저렇게 말이 안 통하는 인간일 줄은. 걍 범인 좀 같이 잡자는데 왜 저렇게 헛바닥이 길지?

그녀 앞에서 발가벗겨진 기분.
수치와 분노의 치열한 지분 다툼.

그랬구나. 그래서 언제부턴가 7호가
내게 상담을 청해오지 않은 거구나.

8호 님은, 누군가 투입구를 이용해
돈을 빼돌리고 있다고 믿고 있지만.

외부에서 넣은 물건이 계속
남아 있단 보장은 어디 있나요?

며칠이 지나면 없어진다거나,
일정 갯수가 넘어가면 회수된다거나 등의
수많은 변수가 여전히 존재하잖아요.

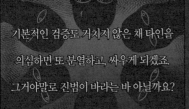

기본적인 검증도 거치지 않은 채 타인을
의심하면 또 분열하고, 싸우게 되겠죠.
그거야말로 진범이 바라는 바 아닐까요?

부정도, 반박도
할 수 없다. 하지만.

······투입구 문제는
7호 님 말이 맞다 쳐도

하지만 어째선지 인정하기 싫다.
물러서기 싫다. 그러니까. 지기 싫다.

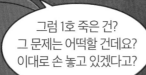

그럼 1호 죽은 건?
그 문제는 어떡할 건데요?
이대로 손 놓고 있겠다고?

아니요. 저도 대책을
고심하고 있어요.

또 누군가 당하기 전에
범인을 밝혀내야 한다
생각하고 있어요.

하지만 그 문제를
함께 해결할 사람이,

죄송합니다.
8호 님은 아니에요.

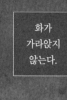

화가
가라앉지
않는다.

기분 X

같네.

시X··· 지가 뭔데 사람을
평가질 하고 난리야······

현실감각이 없는건가?
확증지X이고 자시고 간에,
돈이 사라지고 사람이 죽어나는데
일단 범인부터 밝히는 게 최우선 아닌가?

근데 왜 갑자기 지X발광이지?
그냥 '님이랑은 함께 할 수 없습니다.'
하고 좋게 좋게 말해도 되잖아?

시X 대체 왜, 내 이야기에
그렇게 정색을 빨······

어?

잠깐.
그리고 보니……

사패들은 말빨도 좋고
매력도 높다던데, 넌
둘 다 아니잖앜ㅋㅋㅋㅋ

ㅋㅋ 야. 걱정
안 해도 돼. 넌 사패
절대 못 되니까.

쩌
증

아 그렇군요 잘
알겠으니까 이제 좀
꺼져줄래?

너도 없는 매력이라도
어필하려면 동물 프사
라도 해놔.

사패는 동물한테 애정을
못 느낀다고 알려져 있는데

그 상식을 역이용해서
차에 동물사진 걸어놓고 피해자
안심시켜 납치한 사례가……

머니게임
MONEY GAME

#30

"의심에 의심에 의심"

룰북에 쓰여 있듯, 거긴 프라이빗 룸입니다. 사생활이 보장돼야 하는 장소라구요.

착한 사람.

조금만 참아. 분명 해결책이 생길 거야.

이타적이고, 자애로우며, 심지어 현명기까지 한 사람.

이제부터는 정보도 소비도 완전 공유하도록 해요.

약값 못 돌려 받으면 제가 대신 갚을게요. 보증을 서겠습니다!

삼류 드라마 속에서나 존재할 법한 너무나도 전형적인, 선한 역할의 '캐릭터.'

지금 남은 돈도 충분히 많아요. 조금 더 얻자고 남을 해하는 건 어리석은 짓입니다.

만약 7호가, 지금까지 그 '캐릭터'를
연기하고 있었던 거라면?

적당한 때가 올 때까지
모두가 그녀를 신용할 때까지
그래서 한껏 방심할 때까지

어? 제 방엔
무, 무슨 일로……

안녕하세요?

우리를. 모두를.
속이고 있었던 거라면?

기억을 복기해본다.
그녀가 했던 말, 몸짓,
행동 하나하나. 더듬어본다.

담배도 술도 당연히
살 수 있죠 기호품이니까.

그만하세요!
어차피 못 살려요!

만약 그녀가
꼰대가 알콜 중독자인 걸
눈치채고 있었다면?

너도
아, 아, 악당이냐!

죄송해요 중간에서 말을
자유롭게 전할 입장이 아니다
보니, 오해가 생겼어요.

만약 그녀가
참가자 간의 불화를 유도한 거라면?

3,4호 님이 주최 측이
섭외한 살인자 일 수도
있잖아요

큰일 나기 전에 무슨 수를
써야 하지 않을까요?

만약 그녀가
우리 모두에게 공포와 의심의 싹을 심어넣은 거라면?

꿀꺽-

8호 님은.

사람을 죽여본 적
있나요?

만약. 만약. 만약에. 만에 하나.
그녀가 처음부터 이 모든 걸
계획하고 기획한 거라면?

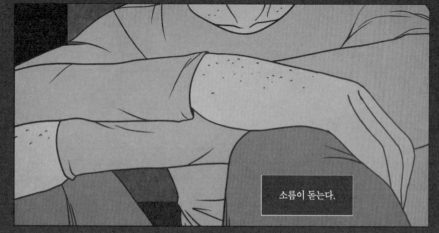

소름이 돋는다.

미친……

의심했어야 했다. 7호의 선하고
이타적이기만 한 언행들은
애초에 정상적인 범주가 아니었다.

이 게임의 주최 측은 완벽한 방관자. 참가자가 아파도, 다쳐도, 심지어 죽어도
그들은 결코 관여하지 않는다.

지금까지도 그러했고 앞으로도 그럴 것이다.
의심의 여지가 없다. 작위성이 끼어드는 순간
'리얼'의 재미는 사라져 버릴 테니까.

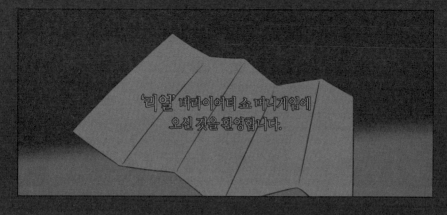

'리얼' 머더미어더 쇼 머니게임에
오신 것을 환영합니다.

바꿔 말하면, 그들이 이 게임에서 유일하게 작위적으로 세팅한 부분.
그들이 유일하게 본인들의 의지를 담은 부분은.

그래. 7호 네 말이 맞았다. 주최 측이 사이코패스를 섭외했을 가능성을
계속 염두에 두고 있었어야 했다.

거기서 말씀하세요.
더 가까이 오지 말고

다만 너의 헛바닥에 눈이 가려져 간과하고 있었던 건

등 뒤에 숨긴 거……
뭐죠?

그 사이코패스가

아.

이거요?

바로 너였단 걸

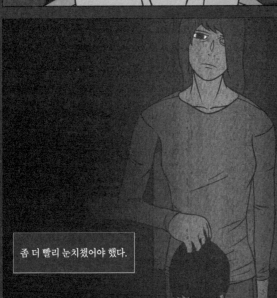

좀 더 빨리 눈치챘어야 했다.

머리게임

제가 광장으로
나와달라 부탁드린 이유는,

이곳에 모여 있는 게 더
안전하다 생각해서입니다.

?

뭐지? 저건 또
무슨 꿍꿍이야.

네. 알아요. 다들 무서우실
거라는 거. 그래서 방 안에만
계셨다는 거.

하지만!

개별 행동을 하는 건,
그거야말로 범인의 의도대로
흘러가는 게 아닐까 생각해요.

이럴 때일수록 오히려
뭉쳐야 해요. 변수가 생겼을 때
바로 대처할 수 있도록.

아니 애초에 변수가
생기지 않도록, 서로가 서로를
시야 안에 둬야 해요.

저 의견에 이견은 없다. 공포영화에서 흔히 보듯,
함께 있으면 안전할 상황에서 굳이 혼자
나대는 놈은 넥스트 타겟 확정이니까.

동의하신다면, 앞으로는 단독 행동을 일체 금하고, 이 광장에서 함께 생활하고 감시했으면 합니다.

하지만 공포영화는

오 시작한다!

`00:01:26`

나님은 짱 쎄서 인간 따위 한방에 몰살임.

`00:03:17`

뭐임 ㅅㅂ 장난함?

`00:05:41`

그래 그건 영화니까.
적어도 두어 시간은 런닝타임을 때워야 하니까.
배우를 이리저리 굴려 극적 연출을 하는 거고.

실제로 다수를 죽여야 할 상황이라면

타겟을 한곳에 몰아넣고 한방에 해결하는 게 가장 효율적인 방법이긴 하겠지. 예를 들면……
이 광장이라거나.

답답하다. 지금이라도 "7호가 범인이다!"라고 소리치고 싶다. 하지만.

네. 좋, 좋은 생각 같아요.

끄덕-

8호 님은요?

하지만 무턱대고 지르기에는, 7호가 쌓은 (거짓) 신뢰 마일리지는 내가 쌓은 (진짜) 등신 마일리지로는 도저히

네. 저도 그렇게
하겠습니다.

이길 수 있는 상태도
또 상대도 아닌 걸 잘 알고 있다.

저, 저기……

그렇게
기이한 동거가 시작됐다.

화장실이 급한데…
이것도 같이 가나요?

네! 물론이죠!
같이 가시죠!

함께해요….

변싼채로
발견되기
싫다면.

우르르르─

우르르르르—

이 웃픈 광경은 찰리채플린이 했던 그 말 그대로

뭐지 이 등신 같은 짓거린……

멀리서 보면 희극이요. 가까이서 보면 비극.

모두 한마음 한뜻으로 힘을 모아 악을 물리쳐야 합니다!

또 가시고 싶으면 사양 말고 말해주세요! 늘 함께할 테니!

그래 결국 모한한악물. 7호의 뜻대로 이루어졌다.

한마음 한뜻인진 모르겠지만 여튼 한몸은 되어 4개의 머리와 16개의 팔다리를 가진 생물처럼 움직이는 이 기묘한 동행은.

많은 돈에 항상 감사하십시오.

우스꽝스러워 보이는 게 사실. 이지만.

작은
참가자들아.

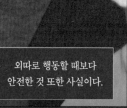

외따로 행동할 때보다
안전한 것 또한 사실이다.

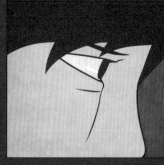

그래서 더 의문이 든다.
우리를 제거하기 위해 누구보다도 1:1 상황을
만들고 싶어 할 7호가 왜 이런 아이디어를 냈는지.

정말로 우리를 한 장소에
몰아넣고 일망타진하기 위해?

그게 아니라면 용의자에서
벗어나기 위한 숨 고르기?

뭐든 좋다. 상관없다.
이젠 네가 보이니.
네가 우리 뒤에 도사린다면
나 또한 네 뒤에 도사려서

그 가증스런 가면을
벗겨줄 테다.

7호가 부숴 속으로 기어들어간
덕분에 잠시간의 여유를 벌었다.

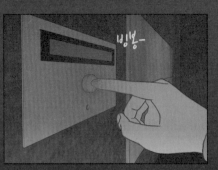

삥봉-

도시락 두 개.
물 1L 사겠습니다.

바보가 아닌 이상, 모두가 잔뜩
날 세우고 있는 이 상황에서 돈을
횡령하거나 위해를 가하려는
멍청한 짓은 하지 않을 테니까.

띠링-

기이이잉-

외부에서 넣은 물건이 사라지는지 그렇지 않은지 확인하기 위해 두었던
바로 그 면도기가.

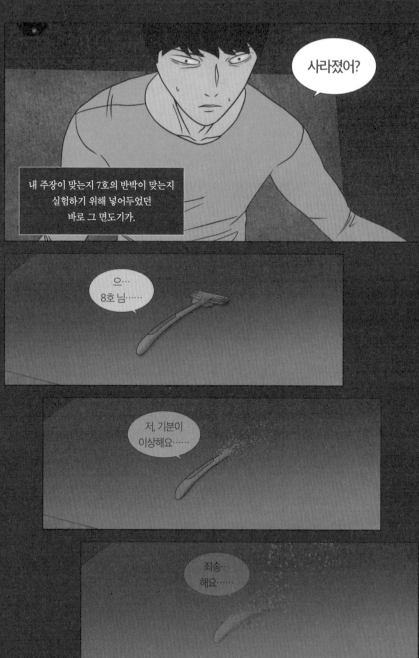

사라졌어?

내 주장이 맞는지 7호의 반박이 맞는지
실험하기 위해 넣어두었던
바로 그 면도기가.

으…
8호님……

저, 기분이
이상해요……

죄송…
해요……

왜? 그동안 잘 있다 어째서
지금 없어진 거지? 무슨 이유로?
아니면 무슨 법칙으로?

생각해 내라. 기억해 내.
그때와 지금이 뭐가 다른지.
변한 게 뭔지, 차이가 뭔지⋯⋯⋯

(며칠전)

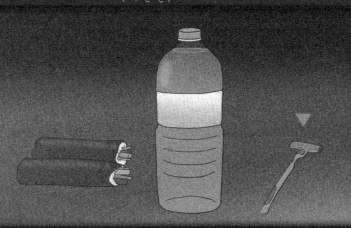

(어제)

(오늘)

아!

설마. 처음부터 내 착각일 뿐이었나?
애초에 전제 자체가 틀린 거였나?
물건이 남아 있거나 없어지는 거나 하는 건
어떤 법칙이나 룰에 따르는 게 아니라……

꿀꺽-

만약. 그렇다면. 지금 떠올린 이 가정이 사실이라면.

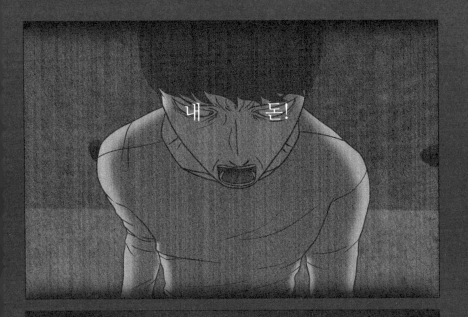

아직 있다.

이곳 어딘가에.

머니게임 2

초판 1쇄 발행 2024년 5월 17일

글·그림 | 배진수

펴낸이 | 김윤정
펴낸곳 | 글의온도
출판등록 | 2021년 1월 26일(제2021-000050호)
주소 | 서울시 종로구 삼봉로 81, 442호
전화 | 02-739-8950
팩스 | 02-739-8951
메일 | ondopubl@naver.com
인스타그램 | @ondopubl

Copyright ⓒ 2018. 배진수
Based on NAVER WEBTOON "머니게임"
ISBN 979-11-92005-48-5   (04810)
        979-11-92005-46-1 세트 (04810)